LÚCIA McCARTNEY

RUBEM FONSECA

Prefácio de
Miguel Sanches Neto

12ª edição

LÚCIA McCARTNEY

Copyright © 1969 by Rubem Fonseca

Direitos de edição da obra em língua portuguesa no Brasil adquiridos pela
EDITORA NOVA FRONTEIRA PARTICIPAÇÕES S.A. Todos os direitos reservados.
Nenhuma parte desta obra pode ser apropriada e estocada em sistema de banco
de dados ou processo similar, em qualquer forma ou meio, seja eletrônico, de
fotocópia, gravação etc., sem a permissão do detentor do copirraite.

EDITORA NOVA FRONTEIRA PARTICIPAÇÕES S.A.
Av Rio Branco, 115 — Salas 1201 a 1205 — Centro — 20040-004
Rio de Janeiro — RJ — Brasil
Tel.: (21) 3882-8200

Dados Internacionais de Catalogação na Publicação (CIP)
(Câmara Brasileira do livro, SP, Brasil)

F676l   Fonseca, Rubem, 1925-2020
        Lúcia McCartney/ Rubem Fonseca; prefácio de Miguel Sanches Neto.
    — 12.ed. — Rio de Janeiro: Nova Fronteira, 2024.
    l92 p.; 13,5 x 20,8 cm

    ISBN: 978-65-5640-867-5

    1. Literatura brasileira. I. Título.

CDD: B869   CDU: 821-134.3(81)

André Felipe de Moraes Queiroz – Bibliotecário – CRB-4/2242

Conheça outros livros do autor:

E quando se abriu o quarto selo, ouvi a voz do quarto animal, que dizia: "Vem e vê." E apareceu um cavalo amarelo: e o que estava montado sobre ele tinha por nome Morte, e seguia-o o Inferno, e foi-lhe dado poder sobre as quatro partes da Terra, para matar à espada, à fome e pela mortandade, e pelas alimárias da Terra.

(LIVRO DO APOCALIPSE —
PALAVRA GREGA QUE SIGNIFICA REVELAÇÃO.)

SUMÁRIO

Leitor onívoro *(Miguel Sanches Neto)*	9
O desempenho	13
Lúcia McCartney	19
O quarto selo (fragmento)	43
O caso de F.A.	55
* * * (Asteriscos)	91
Âmbar gris	103
Meu interlocutor:	107
O encontro e o confronto	115
Um dia na vida	123
Corrente	131
A matéria do sonho	133
Correndo atrás de Godfrey	143
Véspera	151
Zoom	157
Os inocentes	165
J.R. Harder, executive	167
Os músicos	173
Manhã de sol	175
Relato de ocorrência em que qualquer semelhança não é mera coincidência	181
À sombra dos Beatles *(Sérgio Augusto)*	185
O autor	189

LEITOR ONÍVORO
MIGUEL SANCHES NETO

O reconhecimento de um autor em sua estreia é sempre marcante. Logo depois da edição de *Os prisioneiros*, em 1963, obra que foi publicada por uma editora nova e pequena, a GRD, surge um inesperado artigo consagrador em *O Estado de S. Paulo*. Vinha assinado por um de nossos críticos mais combatentes, Wilson Martins (1921-2010), que apresenta o livro como um momento de equilíbrio entre uma visão universalista da literatura e uma gramática brasileira. Na coluna intitulada "Tendências" (1º de fevereiro de 1964), o crítico dizia que Rubem Fonseca renovava o conto brasileiro no mesmo momento em que muitos pensavam que ele estava esgotado. Wilson colocou o estreante no centro do debate literário, do qual ele jamais sairia. Em mais de uma dedicatória ao crítico nos lançamentos posteriores, Zé Rubem o chama de "meu descobridor".

Além deste olhar atento para a produção corrente, Wilson também mostrou uma capacidade muito grande de perceber o sentido inovador daquela obra e daquele autor, uma marca, a inovação, que vai chegar ao ápice em sua terceira coletânea: *Lúcia McCartney* (1969). A natureza universal e local está ironicamente sugerida neste título, em que uma garota de programa (mestiça de origem africana, segundo nos confidencia Sérgio Augusto no posfácio desta edição) assume um nome de guerra a partir do rock internacional. A influência da música nesse período é muito simbólica, pois estava em um combo que contava também com a liberação sexual, o feminismo, o cinema novo, as egotrips, os beatniks etc. Um momento de abertura para a cultura pop, para uma escrita mais próxima da vida. Em meio a tudo isso, Rubem Fonseca faz uma radiografia literária que vai de A a Z nos grupos sociais do Rio de Janeiro.

Não é apenas o universo feminino da prostituição, visto sem restrições morais, que aparece nos contos. A variedade de personagens é imensa. O lutador de boxe, o empresário desiludido com sua trajetória, o assassino do aluguel, advogados corruptos ou justiceiros (se faz presente o grande Mandrake), o executivo ascendente, o leão de chácara, o homossexual agressivo, o leitor solitário e ingênuo, membros do exército, o estereótipo do artista experimental, músicos de bar, populares. Uma justaposição de todos os atores em uma obra que horizontaliza de forma radical a sociedade, sem separações entre mocinhos e bandidos, cultos e incultos. Isso cria uma suspensão de qualquer julgamento, chamando o leitor para a sua condição humana e precária.

Em um dos poemas mais modernos da língua, o heterônimo pessoano Álvaro de Campos delimita um novo eu social, o homem que leva porrada na vida: "Nunca conheci quem tivesse levado porrada/ Todos os meus conhecidos têm sido campeões em tudo/ E eu, tantas vezes reles, tantas vezes porco, tantas vezes vil/ Eu tantas vezes irresponsivelmente parasita/ Indesculpavelmente sujo,/ [...] Eu verifico que não tenho par nisto tudo neste mundo." Nos contos de Rubem Fonseca, brotam com uma força literária estes seres vis e sujos, em uma literatura que não quer forjar "príncipes na vida", tal como canta o poeta. Fazer a condição humana encarnar-se literariamente neste grande espectro de perdedores, cada um à sua maneira, é uma novidade muito transgressora durante o período da ditadura militar, o que a faz portadora de uma estética incômoda.

Esta variedade não fica no âmbito social. *Lúcia McCartney* é o momento de grande explosão criativa do escritor, em que ele usou todas as formas literárias possíveis para fazer literatura. É uma sementeira de estilos, um repositório de narrativas. Contos só diálogos, fragmentos, estilo documental, poemas, montagens que devem ser feitas pelo leitor, exploração do nonsense, fluxo de consciência, entrevistas etc. Rubem Fonseca se move por todos os meios de expressão, para demonstrar que sua formação não cabe na dita alta literatura, embora ele também a cultue.

Em "A matéria do sonho", um dos melhores contos brasileiros de todos os tempos, o jovem pobre, famélico e pouco estudado começa uma vida dedicada aos livros, lendo de *Crime e castigo* a *Fausta vencida*, passando por clássicos e por obras de entretenimento. Os seus dias, vazios de feitos e de amor, são marcados pelo trabalho de cuidador de idosos e pela leitura onívora. O seu é um calendário de livros lidos, citados em longos parágrafos para demarcar a extensão do tempo. O que infla suas horas solitárias e seus entusiasmos são as leituras e o carinho que colhe em seus protetores.

Outra marca destes contos é a profusão de linguagens. Eles não estão vazados em um idioma estabilizado, com segurança vernacular. O autor vai de gírias e palavrões a citações em inglês, latim e francês, de onomatopeias escatológicas à linguagem fria dos relatórios, tudo em uma alternância de registros dentro do idioma maior que é o da narrativa contemporânea.

Este fervilhar de pessoas, estilos e linguagens heterogêneas garante a este livro o lugar que lhe cabe na obra do autor e na produção ocidental. Rubem Fonseca concedeu status de literatura a um mundo e seus códigos que não ocupavam o centro do campo do poder. Produziu narrativas fundantes em vários formatos, sem medo de chamar as coisas por seus nomes verdadeiros, sem receio de ferir os mais suscetíveis, à esquerda e à direita do campo ideológico ou artístico, sempre como um mestre que abre caminhos.

Por isso, os escritores contemporâneos leram Rubem Fonseca para entender até onde pode ir a criação literária.

Lúcia McCartney é sem dúvida o seu livro de contos mais abrangente, com uma coerência de projeto em que a narrativa é usada como uma abertura para um cotidiano (muitas vezes extremo) a que fomos condenados como pertencentes ao tempo presente e às linguagens do agora. Foi pela experimentação que ele afrontou a pátria embalsamada dos militares. E, com uma desierarquização humana e estética, propôs uma revolução social a partir da leitura.

Uma revolução que nunca termina. Que se inicia toda vez que um leitor abre este livro.

O DESEMPENHO

.

Consigo agarrar Rubão, encurralando-o de encontro às cordas. O filho da puta tem base, agarra-se comigo, encosta o rosto no meu rosto para impedir que eu dê cabeçadas na cara dele; estamos abraçados, como dois namorados, quase imóveis — força contra força. O público começa a vaiar. Rubão me dá um pisão no dedo do pé, afrouxo, ele se solta, me dá uma joelhada no estômago, um pontapé no joelho, um tapa na cara. Ouço os gritos. O público está torcendo por ele. Outro bofetão: um esporro danado nas arquibancadas. Não posso dar bola pra isso, não posso dar bola pra isso, não posso dar bola para esses filhos da puta chupadores. Tento agarrá-lo mas ele não deixa, ele quer brigar em pé, ele é ágil, a cutelada dele é um coice.

Os cinco minutos mais longos da vida são passados num ringue de vale-tudo. Quando o *round* acaba, o primeiro de cinco por um de descanso, eu mal aguento chegar ao meu canto. O Príncipe me abana com a toalha, Pedro Vaselina me massageia. Esses putos estão torcendo por ele, não estão? Deixa isso pra lá, diz Pedro Vaselina. Estão, não estão?, insisto. Estão, diz Pedro Vaselina, não sei o que houve, eles sempre torcem pro boa-pinta mas hoje a escrita não está funcionando. Tento ver as pessoas na arquibancada, filhos das putas, cornos, veados, marafonas, cagões, covardes, chupadores — me dá vontade de tirar o pau pra fora e sacudir na cara deles. Cuidado com ele, quando você der a queda, passa a guarda dele rápido, não fica tentando na ignorância, ele tem base e está inteiro, e você, e você, hein, andou fodendo ontem? Cada vez que ele te acertar um bife nos cornos não fica olhando para a arquibancada como um cu-de-vaca qualquer, que que há? Tua mãe está lá te olhando? Presta atenção no cara, porra, não tira o olho dele, deixa a torcida pra lá, olho nele, e não se preocupe com a bolachada, não tira pedaço e ele não ganha nada com isso. Quando te deu o último tapa e a turma do poleiro gozou, ele fez tanta firula que parecia uma bicha da Cinelândia. É numa hora dessas que você tem que pegar ele. Paciência, PACIÊNCIA, viu?, poupa energia que você está meio-jogado-fora, diz Pedro Vaselina.

O gongo bate. Estamos no meio do ringue. Rubão faz uma ginga de tórax na minha frente, os pés plantados, movimenta as mãos, esquerda na frente, direita atrás. Fico parado, olhando as mãos dele. Vap! o pontapé me pega na coxa, vou pra cima dele, plaft! uma porrada na cara quase me joga no chão, olho para a arquibancada, o som que vem de lá parece uma chicotada, sou uma besta, que merda, se continuar plaft! dando bola para esses chupadores vou acabar me fodendo-em-copas plaft! — bloqueia, bloqueia, ouço Pedro Vaselina — minha cara deve estar inchada, sinto uma certa dificuldade em ver com o olho esquerdo — levanto a esquerda — bloqueia! — blam! uma cacetada canhota me acerta no lado direito dos cornos — bloqueia! a voz de Pedro Vaselina fica fina como a de uma mulher — levanto as duas mãos — bum! o chute me pega na bunda. Rubão gira e de costas me acerta o pé no pescoço — das arquibancadas vem um som de onda do mar quebrando na praia — com um físico desses você vai acabar no cinema, mulheres, morango com creme, automóvel, apartamento, filme em tecnicolor, dinheiro no banco, onde é que está? corro pra cima dele de braços abertos, vum! o balão me estatela — Rubão pula em cima de mim, vai montar! — estou fugindo rastejo cobra minhoca pra debaixo das cordas — o juiz separa — fico deitado flutuando na vaia injeção de morfina. Gongo.

Estou no meu *corner*. Nunca te vi tão mal, no físico e na técnica, fodeu hoje? anda tomando bolinha? É a primeira vez que um lutador da nossa academia foge por debaixo das cordas, você está mal, que que há contigo? É assim que você quer lutar com o Carlson? com o Ivã? você está fazendo um papel ridículo. Deixa ele, diz o Príncipe. Pedro Vaselina: ele vai ser estraçalhado, conforme for a coisa neste *round* eu vou jogar a toalha. Puxo a cara de Pedro Vaselina para perto da minha, digo cuspindo nos cornos dele, se você jogar a toalha, seu puta, eu te arrebento, enfio um ferro no teu cu, juro por Deus. O Príncipe joga um monte de água em cima de mim, pra ganhar tempo. Gongo.

Estamos no meio do ringue. Tempo, segundos!, diz o juiz — assim molhado não vai, não faz mais isso não — o Príncipe me enxuga fingindo pressa — segundos, fora! diz o juiz. Novamente no meio do ringue. Estou imóvel. Meu coração saiu da garganta, voltou para o peito mas ainda bate forte. Rubão ginga. Olho bem o rosto dele, o cara está com a moral, respira pelo nariz sem trincar os dentes, não há um músculo tenso no seu rosto, sujeito apavorado fica com o olhar de cavalo, mas ele está tranquilo, mal se vê o branco do seu olho. Muito rápido, faz uma negaça, ameaça, eu bloqueio, recebo um pisão no joelho, uma dor horrível, mas ainda bem que foi de cima pra baixo, se fosse na horizontal quebrava a minha perna — Zum! o tapa no ouvido me deixa surdo de um lado, com o outro ouvido escuto a corja delirando na arquibancada — o que foi que eu fiz? eles sempre torceram pra mim, o que foi que eu fiz pra esses escrotos, engolidores de porra plaft, plaft, plaft! ficarem contra mim? — com um físico desses você vai acabar no cinema, Leninha onde é que está você? sua puta — vou recuando, bato com as costas nas cordas, Rubão me agarra — no chão! guincha Pedro Vaselina — eu ainda estou bloqueando e já é tarde: Rubão me dá uma joelhada no estômago, se afasta; pela primeira vez fica imóvel, a uns dois metros de distância, me olhando, deve estar pensando em partir pra uma finalização — estou zonzo, mas ele é cauteloso, quer ter certeza, sabe que no chão eu sou melhor e por isso não quer se arriscar, quer me cansar primeiro, não vai no escuro — sinto uma vontade doida de baixar os braços, meus olhos ardem de suor, não consigo engolir a gosma branca agarrada na minha língua — levanto o braço, armo uma cutelada, ameaço — ele não se mexe — dou um passo à frente — ele não se mexe — dou outro passo à frente — ele dá um passo à frente — nós dois damos um lento passo à frente e nos abraçamos — o suor do corpo dele me faz sentir o suor do meu corpo — a dureza dos músculos dele me faz sentir a dureza dos meus músculos — o sopro da respiração dele me faz sentir o sopro da minha respiração — Rubão me abraça sob os meus braços — eu tento uma gravata — ele coloca a perna direita por trás da minha perna direita, tenta me derrubar — minhas últimas forças — Leninha, coitada — o cara vai me derrubar — tento me agarrar nas cordas como um escroto arreglador — o tempo não anda — eu queria lutar no chão, agora quero ir pra casa — Leninha — caio de costas, giro antes da montanha dele — Rubão me pega na gravata, me imobiliza — tum, tum, tum! três joelhadas seguidas na boca e no nariz — gongo — Rubão vai para o seu canto debaixo de aplausos.

Pedro Vaselina não diz uma palavra, com rosto triste de segundo, de perdedor. É fogo, meu chapa, diz o Príncipe limpando o meu suor. É foda, respondo, um dente balança na minha boca, preso apenas na gengiva. Meto a mão, arranco o dente com raiva e jogo na direção dos chupadores. Todos vaiam. Não faz isso não, diz Pedro Vaselina dando água para eu bochechar, não adianta provocar. Cuspo fora do balde a água vermelha de sangue, pra ver se cai em cima de algum chupador. Gongo. Ao centro, diz o juiz.

Rubão está inteirinho, eu estou podre. Nem sei em que *round* estamos. É o último? Último ou penúltimo, Rubão vai querer me liquidar agora. Parto para cima dele para ver se acerto uma cabeçada no seu rosto — Rubão se desvia, me segura entre as pernas, me joga fora do ringue — os chupadores deliram — tenho vontade de ir embora — se fosse valente ia embora, de calção mesmo — pra onde! — o juiz está contando — ir embora — há sempre um juiz contando — automóvel, apartamento, mulheres, dinheiro — sempre um juiz — *pulley* de oitenta quilos, rosca de quarenta, vida dura — Rubão está me esperando, o juiz está com a mão no peito dele, para que não me ataque no momento em que estiver voltando — estou mesmo fodido — me curvo, entro no ringue — ao centro, diz o juiz — Rubão me agarra, me derruba — rolamos pela lona, ele fica preso na minha guarda — entre as minhas pernas com a cara no meu pau — ficamos algum tempo assim, descansando — Rubão projeta o corpo para a frente e acerta uma cabeçada no meu rosto — sangue enche a minha boca de um gosto doce enjoado — bato com as duas mãos espalmadas nos seus ouvidos, Rubão desce um pouco o corpo — subitamente ele ultrapassa a minha perna esquerda numa montada parcial — estou fodido, se ele completar a montada estou fodido e mal pago, fodido e trumbicado, fodido e estraçalhado, fodido e acabado — ele faz uma pequena parada antes de tentar a montada definitivamente — fodido, fodido! — dou uma virada forte, rolamos pela lona, paramos, puta que pariu! comigo montado-montada-completa em cima dele, puta que pariu! meus joelhos no chão, o tórax dele entre as minhas pernas imobilizado — montei! puta que pariu! montei! — alegria, alegria, vento quente de ódio da corja que ria de me ver apanhando na cara — canalha de chupadores putos escrotos covardes — golpeio a cara de Rubão bem em cima do nariz, um, dois, três — agora na boca — de novo no nariz — pau, cacete, porrada — sinto o osso quebrando — Rubão levanta os braços para tentar impedir os golpes, sangue começa a brotar de toda a sua cara, da boca, do nariz, dos olhos, dos ouvidos, da pele — a chave de braço, a chave de braço! grita Pedro Vaselina, enfiando a cabeça por baixo das cordas — é fácil dar uma chave de braço numa montada, pra se defender, quem está embaixo tem que botar os braços pra cima, basta cair para um dos lados com o braço dele entre as pernas, o sujeito é obrigado a bater na lona — um silêncio de morte no estádio — a chave de braço! grita o Príncipe — Rubão me oferece o braço para acabar com o sofrimento, para ele poder bater no chão desistindo, desistir na chave é digno, desistir debaixo de pau é vergonhoso — os chupadores e putas fizeram silêncio, gritem! — a cara de Rubão é uma pasta vermelha, gritem! — Rubão fecha os olhos, cobre o rosto com as mãos — homem montado não pede penico — Rubão deve estar rezando para desmaiar e acabar tudo, já viu que eu não vou lhe dar a chave da misericórdia — corja — minhas mãos doem, bato nele com os cotovelos — o juiz se ajoelha, Rubão desmaiou, o juiz me tira de cima dele — no meio do ringue o juiz levanta meus braços — as luzes estão acesas, de pé, nas arquibancadas, homens e mulheres aplaudem e gritam o meu nome — levanto os braços bem no alto — dou pulos de alegria — os aplausos aumentam — dou saltos — aplausos cada vez mais fortes — olho comovido a arquibancada cheia de admiradores e curvo-me enviando beijos para os quatro cantos do estádio.

LÚCIA MCCARTNEY

I

Abro o olho: Isa, bandeja, torrada, banana, café, leite, manteiga. Fico espreguiçando. Isa quer que eu coma. Quer que eu deite cedo. Pensa que sou criança.

Depois que o marido da Isa foi embora ela ficou me marcando ainda mais. Isa diz que ele volta, mas eu duvido. Primeiro, ela não era casada com o marido dela. Segundo, acho que eles não se gostavam muito: Isa de vez em quando fazia programa, e ele sumia durante dias. Acho que agora sumiu de vez. Isa espera que o marido volte, a qualquer momento. As camisas dele estão todas passadinhas na cômoda e ela mandou consertar o binóculo, o cara era doido por jóquei. Ela não sai mais de casa, nem prum programa barra-limpa, mas até agora, nada.

O Renê me telefona pra fazer um programa de noite. Eu digo que está bem. Tomo nota do endereço.

Na praia está toda a turma. Combinam ir pro Zum Zum. Eu digo que talvez vá. Se o meu programa acabar cedo eu vou. Mas eu não digo nada do meu programa pra eles. Eles estão por fora.

Dois já dormiram comigo, mas só dois. A gente vai pra boate, dança, bebe e depois eu venho pra casa. É mais camaradagem que outra coisa. A gente brinca, se diverte e pronto.

II

O apartamento é muito bonito. Nós somos quatro garotas e eles são também quatro. Não conheço nenhuma das outras meninas, mas devem ter sido mandadas também pelo Renê. Como ninguém conhece ninguém, começa aquela escolha chata, de sempre. Os clientes do Renê são todos coroas, muito educados mas danados de lentos para se decidir.

DIÁLOGO, POSSÍVEL (*mas inventado*)
UM COROA

Meu prezado amigo
- deseja ficar com a moreninha de cabelos curtos?
- ainda que reconhecendo os seus inegáveis encantos, minhas predileções se inclinam para a jovem loura de olhos verdes.
- aceito qualquer composição. Fique com a loura. Eu fico com a morena.

OUTRO COROA

Ora, ora, meu distinto e querido companheiro
- nem por um momento pensei em privá-lo de sua eleita. Cedo-a com inexcedível prazer.
- a lourinha é realmente um encanto. a moreninha tem um ar melancólico que me seduz.
- E a loura é um ser esplêndido, cheio de luz que me atrai como se eu fosse uma libélula.

Bebemos e conversamos. Três são cariocas e um deles é paulista. O paulista é o que fala menos. Eu não gosto muito de paulista, eles são todos ignorantes e brutos e acham que resolvem tudo com dinheiro. Torço para o paulista não me escolher. Ele me olha e quase enfio o dedo no nariz para ele ficar com nojo. Mas não enfio, até rio para ele, um riso de garota tímida que eu sei fazer. Os cariocas estão divertindo o paulista, sem subserviência, devem ser todos do mesmo nível.

DIÁLOGO (*verdadeiro*)
COROA PAULISTA

Você
- é carioca?
- gosta de quê?
- gosta de que poetas?
- gosta de Kafka?
- é a primeira miss que diz que leu Kafka e leu mesmo.
- leu Pessoa etc.?

EU

Eu
- sou.
- gosto de música e poesia.
- gosto de Fernando Pessoa, Beethoven, Lennon & McCartney. Já me chamei Lúcia McCartney.
- gosto de Kafka também. Aquele pobre homem virando inseto! (Conto a história chamada Metamorfose.)
- não sou nem li. Um garoto me contou a história, chama-se Metamorfose. Faz sempre um grande efeito, nas conversas.
- li Pessoa etc.

Cada qual vai para um quarto. Renê sabe que eu não gosto de promiscuidade. Eu vou para o quarto com o paulista. Sento num sofá. Ele também senta. Depois deita a cabeça no meu colo, diz que não está com vontade de fazer nada, "esses caras cismaram que eu hoje tinha que ir com uma garota pra cama, mas vamos só conversar, está OK?" Eu digo que está OK. Ele diz que não quer estragar as coisas. Eu digo que está bem. (Quero ir para o Zum Zum.) Passo a mão nos cabelos dele. "Eu não quero fazer isso", diz ele, tirando a roupa. Eu também tiro a roupa e nos deitamos, ele sempre dizendo que não quer, mas me papando assim mesmo.

Depois de nos lavarmos, separadamente, ele se veste, põe dinheiro na minha bolsa. Ele fica muito calado, com um jeito meio distraído, meio cansado, meio desinteressado como os coroas fazem. Vamos para a sala e os outros todos já estão lá, pois nós perdemos muito tempo com aquela indecisão dele. Estão todos dançando. Ele me olha um pouco e diz "você pode ir embora". Eu pergunto se ele não quer o meu telefone e ele fica pensando um tempão, me olhando e olhando pra sala onde estão os outros, o cara é mesmo indeciso, e depois de nem sei quanto tempo ele diz: "qual é?"

Estou no Zum Zum com os garotos. De vez em quando penso no coroa. O que será que ele faz?

III

A coisa de que eu mais gosto no mundo é dormir. Acordar ao meio-dia e ir para a praia. Hoje é dia 4 de dezembro e está um sol bárbaro lá fora. Me espreguiço. Isa chega com uma bandeja. "Fiz uma gemada para você", ela põe o prato fundo na minha frente, "você agora só chega depois das seis, perdendo tempo com esses garotões." Eu gosto de dançar, ela não gosta; eu gosto dos homens (bonitos, jovens, fortes), ela gosta do marido que nem é casado com ela e ninguém sabe onde anda; eu não gosto de ficar sozinha, eu — "Isa, pelo amor de Deus!, não chateia", me levanto, ponho um disco na vitrola e começo a dançar, eu gosto de ficar o dia inteiro ouvindo música, eu preciso ouvir música, é igual ao ar pra mim. "Estou falando para o teu bem." "Eu sei que você está falando para o meu bem." "Ninguém aguenta essa vida que você está levando." "Não vejo nada de errado nela." "Pense no futuro." "O futuro não me interessa e não me chateia mais senão vou-me embora." "O José Roberto telefonou, o sujeito de São Paulo que esteve com você ontem."

Isa gostaria de saber coisas sobre o paulista, mas resolvo fazer mistério para ela deixar de ser chata. Também não sei nada sobre esse José Roberto. Nem sei se ele é mesmo paulista. Nem sabia que ele se chamava José Roberto. José Roberto não é nome de coroa. Ele vai telefonar de novo.

TELEFONEMA

— Alô.
— Quem fala?
— Com quem quer falar?
— Com dona Lúcia, por favor.
— Quem quer falar com ela?
— José Roberto.
— É a Lúcia que está falando.
— Como vai? Você está boa?
— Bem. E o senhor?
— Bem.
(*Ele cala a boca. Eu também calo. Fico nervosa:*)
— Alguma novidade?
— Eu queria me encontrar com você.
— Quando?

— Hoje.
— A que horas?
— À hora que você puder.
— Eu posso a qualquer hora. Depois das quatro.
— Você prefere à tardinha ou à noite?
— Qualquer hora.
— À noite, então. Oito horas? Podemos jantar juntos.
— Está certo. O senhor passa aqui, eu passo aí, como é que é?
— Você passa aqui.
— Mesmo endereço de ontem?
— É outro. Toma nota, por favor.

IV

Ele tem um cheiro bom e fala muito suavemente comigo. Estamos sós. Ele diz que ontem tinha gente demais, "eu queria ficar só com você". Ele parece meio constrangido, como se nunca tivesse saído com uma garota de programa. Senta-se longe de mim. "Você nunca saiu com uma garota de programa antes?" "Já, já saí com uma porção, muitas, nem sei quantas." "Então por que você fica fingindo?" "Não estou fingindo coisa alguma."

Ele prepara as bebidas. Em cima da mesa da sala vejo um monte de revistas e um papel, *José Roberto, estive aqui e não te encontrei, telefona pra mim, beijos, Suely*. Pego o bilhete, faço uma bolinha com ele e jogo pela janela. A noite está muito escura, eu não vejo o mar mas sinto o seu cheiro. De noite o mar tem um cheiro diferente, o mar muda de cheiro várias vezes por dia.

"Pra você", José Roberto me dá um vidro de perfume. Joy. Adoro perfume. Passo um pouco no braço. "Você quer ouvir música?" Ele me leva a um quarto, onde há um gravador imenso, coloca na minha cabeça fones que cobrem inteiramente as minhas orelhas e ouço a música mais linda do mundo. "Espetacular, vou ficar aqui a noite toda" — ele ri — "por que você está rindo?", — ele responde, mas eu não ouço — "o quê? o quê?" Então ele tira os fones dos meus ouvidos: "não precisa gritar tanto." Com aqueles fones no ouvido a gente pensa que fala, mas grita, como um surdo. Isso deve ter acontecido com outras garotas.

CENA (*subjetiva*)
— Isso aconteceu com outras garotas?
— Isso o quê?
— De botar o fone nos ouvidos e ficar gritando igual uma surdinha, como eu fiz.
— Não. Aconteceu com minha mãe, mas ela não é propriamente uma garota.
— Você tem mãe?
— Você acha que eu sou muito velho para ter mãe?
— E ela veio aqui?
— Veio.
— E você traz a sua mãe ao mesmo lugar em que você traz as suas, essas...
— Eu moro aqui. Quando estou no Rio. Essas o quê?
— Acho que você está mentindo. Essas vagabundas.
— Eu não minto nunca.
— E quem é a Suely?
— Suely? Nunca ouvi falar em Suely.
— Mentiroso.
— Eu não minto nunca.
— Então passe bem. Adeus.
— Espere. Não me deixe. Por favor!
Tiro os fones do ouvido.

CENA (*verdadeira*)

— Isso aconteceu com outras garotas?
— Isso o quê?
— De botar os fones nos ouvidos e ficar gritando igual a uma surdinha, como eu fiz.
— Acontece sempre. Por isso eu ri.
— Com todas as garotas que vêm aqui?
— Todas.
— São muitas? Milhares?
— Milhares não. Muitas.
— E quem é Suely?
— É uma amiga minha.
— Eu sou muito ciumenta. Joguei fora o bilhete da Suely, assim você não sabe o telefone dela.
— Eu tenho num caderninho. De qualquer forma, muito obrigado pelo ciúme.
— Se eu soubesse cozinhar fazia comida pra você. Eu queria ficar aqui.
— Eu peço o jantar pelo telefone. Você gosta de champanha?
— Qualquer coisa.

Dois garçons chegam com travessas, baldes de gelo, garrafas. Que comida! "Estou no maior pilequinho." "Então você para um pouco, pois o que nós vamos fazer agora deve ser feito em plena consciência." José Roberto me leva para o quarto.

"Eu era chamada de Graveto." "O graveto mais lindo do mundo", diz ele, me beijando. Eu vou toda pra ele, me entrego, me dou, ele está dentro de mim, eu rezo pra demorar bastante, peço "demora bastante! muito! não acaba!", ele me põe doidona, me derrete e meu coração fica batendo no peito, na garganta, na barriga, que-bom, que-bom, que-bom, que-bom, que-bom!

DIÁLOGO

— Nunca vi o José Roberto. Ele telefona e diz: me manda uma garota, você sabe como eu gosto.
— Como é que ele gosta?
— Inteligente, bonita e depravada.
— Eu não sou depravada.
— Se for muito inteligente não precisa ser muito depravada, diz ele.
— Eu gamei.

(*Renê dá uma gargalhada.*)

— Que tipo de pessoa ele é?
— Não sei. Outro dia mandei um cabacinho pra ele. A garota estuda. Eles já estavam na cama quando ele descobriu que a garota estava matando aula. Ele ficou uma fera. Deu uma lição de moral na guria, fez ela se vestir, e prometer que não matava mais aula, e mandou-a para o colégio. E pagou dobrado, sem sequer tocar nela. O cara é muito esquisito.

V

José Roberto está em São Paulo. Já se passaram sete dias. Isa cismou de mudar para Ipanema. Arranjou apartamento, comprou um fiador (desses que anunciam no jornal) e quer mudar ainda esta semana. Recebi carta de José Roberto.
(Não tem data, nem nada.)

Hoje me deu vontade de escrever para uma pessoa que não conhecesse, ou que, conhecendo, nunca mais viesse a ver. Fui ao cinema e voltei para o apartamento. O filme era ruim. No meu caderninho tenho uma porção de endereços, mas não telefonei para ninguém. Existe uma garota chamada Neyde, ela é bonita, inteligente. Eu sinto (ou sentia?) uma grande atração física e mental por ela. A nossa pele combina, os nossos gostos combinam, os nossos órgãos sexuais combinam. Peguei o telefone para ligar para ela, três ou quatro vezes, mas não liguei. Na mesa do telefone havia uma folha de papel onde eu desenhava bolas e quadrados. O estéreo estava ligado, Eleanor Rigby, chovia, chovia mesmo, bolas e quadrados tinham virado Lúcia, Lúcia, l u c, ucia, LÚCIA etc. Não liguei para Neyde — passado, passou? Solidão é bom (mas) depois que eu me esvaziei com uma mulher ou me enchi com uma mulher. Eu estava sozinho, e não queria, como sempre quis, uma mulher perto de mim, para fruí-la física e espiritualmente e depois mandá-la embora, e essa é a melhor parte, mandar a mulher depois embora e ficar só, pensando e pensando.

Pensando em você, é o que eu estou fazendo agora. Você é o meu Minotauro, sinto que entrei no meu labirinto. Alguém será devorado. Adeus?

José Roberto

Deliro com a carta de José Roberto. Acho o máximo. "Por que você está chorando?", pergunta Isa. "Estou com saudade do José Roberto." "Esse sujeito é maluco", diz Isa depois de ler a carta, "você é outra maluca, sempre vivi rodeada de malucos, para de chorar, sua idiota." Isa mete a mão no bolso do robe, ela passa o dia de robe (deve ter sido por isso que o marido deu o pira), e quando fica com raiva enfia a mão no bolso com força e arrebenta o tecido, "merda, lá se foi de novo o meu bolso!, sua idiota!"

"Você acha que eu vou vê-lo novamente?" "Vai me dizer que está apaixonada?" "Estou, estou!, juro! Estou apaixonada." Isa acha que isto é uma besteira, que estou apenas entusiasmada, porque o José Roberto é diferente dos garotões da turma, é mais experiente, mais sabido. "E olha, se por acaso ele aparecer, não vai logo se abrindo pra ele, os homens não gostam de mulher oferecida."

Combino com Isa que se o José Roberto me procurar eu vou fazer o doce, me fingir de desinteressada.

TELEFONEMA

— Alô.
— José Roberto! Querido!
— Como vai?
— Eu vou bem. Estou com uma saudade doida de você.
— Eu também senti saudades de você.
— Adorei sua carta. Já li mais de cem vezes. Até na hora de tomar banho eu levo ela comigo pro banheiro.

(*Ele fica calado!*)

— Onde é que você está?
— Estou no apartamento.
— Vou aí te ver.
— Eu estou saindo.
— Eu quero te ver.
— Hoje não, não é possível.
— Por favor. Eu preciso te ver.
— Sinto muito, mais é impossível.
— Eu estou triste, José Roberto, estou infeliz, deixa eu te ver.
(**Isa pega** o *telefone*: "Cavalheiro, vê se para de atormentar minha irmã, ela já não regula bem e o senhor vem atrapalhar ainda mais, fique sabendo que li a sua carta, o senhor também é doido. Como? Ela pegou um táxi e foi para aí." *Saio correndo para me vestir, volto para a sala. Isa irritada me passa o telefone.* "Ele disse que você não pegou táxi coisa nenhuma, para eu chamar você senão ele desliga o telefone na minha cara, o patife.")

Lúcia McCartney

— Eu vim aqui ver um negócio, e estou indo embora agora.
— Você tem uma mulher aí com você.
— Vou para São Paulo hoje e estarei de volta dentro de cinco dias. Dentro de cinco dias, aqui no meu apartamento, às oito horas.

Ele tem a voz tão bonita! Estou no Le Bateau, no meio do maior barulho, mas só ouço a voz dele. (No interior da minha cabeça.)

A turma diz que eu estou no mundo da lua, dançando de olhos fechados, e rindo sozinha. Eles não sabem de nada! Não sabem o que é o amor! Todos uns bobos.

VI

Já se passaram quatro dias. Nós mudamos para Ipanema e estamos sem dinheiro, pois o apartamento é maior e precisa de móveis novos, e tivemos que dar um mês adiantado para o fiador que a Isa comprou. Isa está fazendo um programa por dia, de tarde, com uns amigos antigos. Ela é uma grande mulher, programa para ela não falta, mas ela não gosta de sair de noite. Acho que ela ainda está esperando pelo marido.

Recebo carta do José Roberto.

Solidão é muito importante. O telefone tocava sem parar. Eu dera folga às empregadas. A campainha da porta tocava. Fui ouvir música usando os audiofones, bloqueando o mundo exterior. Mas a todo instante tirava os fones dos ouvidos e SEMPRE *uma campainha tocava, alguém me procurava, quem seria? Sofreria?*

Resolvi sair de casa, ir para um lugar onde certamente não encontraria quem queria me encontrar. Apenas uma das pistas do boliche estava ocupada (por três jovens). Ocupei a pista mais distante. A cada strike o apanhador de pinos batia palmas, lentamente, com preguiça; eu só via as pernas dele, magras, protegidas por umas calças desbotadas cortadas na altura dos joelhos.

Uma moça chegou e sentou numa mesa próxima. Eu tentei várias vezes, sem êxito, uma jogada de efeito.

"Você quer que eu marque para você?", *perguntou a moça sentando-se em frente à minha cartela.*

"Pode marcar", *disse eu.*

Eu fiquei jogando, ela marcando. Terminada a décima jogada, eu perguntei: "Você quer jogar?" *Ela respondeu:* "Não. Eu já joguei muito isso. Olha no quadro, há mais de seis meses estou lá na cabeça e ninguém bate a minha contagem. Nenhuma mulher, bem entendido." *No quadro estava escrito* ELIETE 275 — 11 DE MAIO. "Enjoei", *continuou ela*, "deixei crescer as unhas..."

Eu joguei mais uma partida, enquanto conversávamos trivialidades. Terminada a partida, chamei o garçom, pedi uma Coca, botei a gravata, o paletó e a moça sumiu. Eu fiquei frustrado. Um desconhecido total não te pode fazer mal. Além disso ela tinha um sorriso bonito, sabia falar (som) e cruzar as pernas. Botei uma nota alta na bola e mandei pro apanhador. Ele mostrou a cara e riu; tinha poucos dentes. Eu bati palmas pra ele, do jeito preguiçoso e gozador que ele tinha usado comigo.

Ela estava na porta, esperando por mim.

"Duzentos e setenta e cinco não é mole não", *eu disse.*

"Eu jogava todo dia", *disse ela.*

Fomos andando.

"Eliete", *eu disse.*

"E você, como se chama?"

"José Roberto."

"Você disse Eliete como quem diz o leão é o rei dos animais."

"Você quer beber alguma coisa?", *perguntei.*

"Quero", *disse ela.*

Eliete usa o cabelo curto, como você, e os olhos dela têm o mesmo brilho negro dos seus. É uma sensação boa, ficarmos frente a frente, sem pressa e sem mentira, disponíveis, recíprocos, enquanto bebemos e o mundo flui suavemente.

Estou com muitas saudades de você. Lúcia. Lúcia. O leão é o rei dos animais?

José Roberto

É tão bom a gente receber uma carta dessas, inteligente. Uma vez eu briguei com um namorado que teve a audácia de me escrever uma carta que começava dizendo: espero que estas mal traçadas linhas etc. Não pude nem olhar mais para a cara dele. José Roberto me faz pensar. Ele acredita que eu posso pensar, que eu sei pensar. Será que ele foi para a cama com a moça do boliche? Deve ter ido. Ah, meu Deus, eu podia estar lá com ele, marcando o jogo de boliche dele, no lugar daquela piranha. Parecida comigo! Vou cortar meu cabelo à joãozinho, curtinho, só eu vou ter esta cara, ele vai ver.

VII

Chego no apartamento antes das oito horas. Ele me recebe com uma revista americana na mão. Me dá uma vontade de rir, quando o vejo, e rio, abraçada a ele, feliz. José Roberto sorri apenas, divertido e surpreendido, com o meu entusiasmo e com minha cara nova. Ele passa a mão na minha cabeça, tenta segurar meus cabelos, eu solto minha cabeça sempre abraçada nele, meu corpo grudado no corpo dele, fervendo. "Quantos anos você tem?" Ele tem trinta e seis mas eu não me incomodo, ele pode ser coroa mas é melhor que todos os outros. "E você?" "Dezoito anos", repete ele, lentamente, como se estivesse dizendo uma palavra mágica.

"Saí todas as noites, do Zum Zum para o Le Bateau, do Le Bateau para o Sachinha, todas as noites, você não se incomoda?" "Você é que sabe o que pode e o que não pode fazer." "Eu quero te fazer ciúme." Ele ri, misteriosamente, me beija no rosto, não sei o que ele está pensando ou sentindo, mas ciúme certamente não existe no coração (e na cabeça) dele.

Eu não quero saber o que ele faz. Ele diz que talvez seja espião russo (ou americano) ou trapezista de circo ou poeta ou fotógrafo ou farmacêutico. Ele pode ser isto tudo, ou outra coisa qualquer. Ele é estranho, às vezes fala no telefone em inglês, francês e creio que uma vez em alemão. Ou português, frases curtas, enigmáticas. Mas nada disso me incomoda, ele pode ser o que bem entender, o segredo me atrai ainda mais.

Ir para a cama com ele é cada vez melhor. Ele sabe amar, me deixa louca, horas seguidas. Me deixa mortinha — durmo direto e quando acordo ele está calmamente lendo um livro, ou fumando cachimbo e ouvindo música naqueles fones dele, pronto pra me amar de novo.

Amanhã ele vai para São Paulo, ou Buenos Aires ou Lima, o assunto não ficou bem esclarecido. É meia-noite e ele diz que tem o que fazer, que tem que sair. Isso apenas, "tenho que sair". Coloca um monte de dinheiro na minha bolsa: "para você ir à boate." Descemos juntos, ele carregando uma pasta. José Roberto me beija no rosto e me põe num táxi. Nesse instante vejo um enorme carro negro se aproximar, e José Roberto entrar dentro dele. O sinal fechado coloca o meu táxi ao lado do carro dele. O chofer dele está todo de preto, boné preto, roupa preta e tem uma cara dura. José Roberto me vê, eu aceno para ele. Ele acena de volta, alheio, distante, fechando os dedos sobre a mão espalmada, como faz a rainha da Inglaterra no cinema.

DIÁLOGO (*inventado, depois de um sonho*)
CLIENTE (*José Roberto*)

Por que você { faz programa?
é prostituta?
vai para a cama com os homens?

PROSTITUTA (*eu*)

Porque {
    ganho pouco { no escritório. / na loja. / na TV.
    me perdi.
    gosto.
    perdi meu emprego.
    tenho um filhinho para sustentar.
    estou esperando uma nomeação.

Eu não sou prostituta.
Você não vai tirar a roupa, benzinho?

CLIENTE (*José Roberto*)

O dinheiro que você ganha é { fácil? / muito? / vil?

Você sabe o que é complexo de Édipo?

Já ouviu falar em { Freud? / Sófocles?

Daqui a pouco eu tiro.

PROSTITUTA (*eu*)

Ganho
- regularmente.
- mais do que uma datilógrafa.
- mais do que um gerente de banco.
- mais do que uma operária.
- mais do que um coronel do Exército.

Conheço os dois mas prefiro o Sócrates (porque tomou cicuta).
Você não vai tirar a roupa, benzinho?

CLIENTE (*José Roberto*)

Daqui a pouco eu tiro.
A prostituta é uma mulher imoral?

PROSTITUTA (*eu*)

Não tenho vergonha de ser prostituta.

Meu trabalho não é pior do que
- o de uma lavadeira que lava cuecas.
- o de uma massagista.
- o de uma arrumadeira que limpa banheiros.
- o de uma dentista.
- o de uma ginecologista.

O que você acha do amor livre?
Você não vai tirar a roupa, benzinho?

Lúcia McCartney

CLIENTE (*José Roberto*)

O amor livre
- não acabará com a prostituição.
- é uma iniquidade.
- é injusto
  - com os feios.
  - com os pobres-diabos.
  - com os pobres de espírito.
  - com os pobres.
- deixa você na mão se você não é
  - artista de cinema.
  - bonito.
  - conquistador.
  - rico.
  - poderoso.
  - famoso.

Daqui a pouco eu tiro.

PROSTITUTA (*eu*)

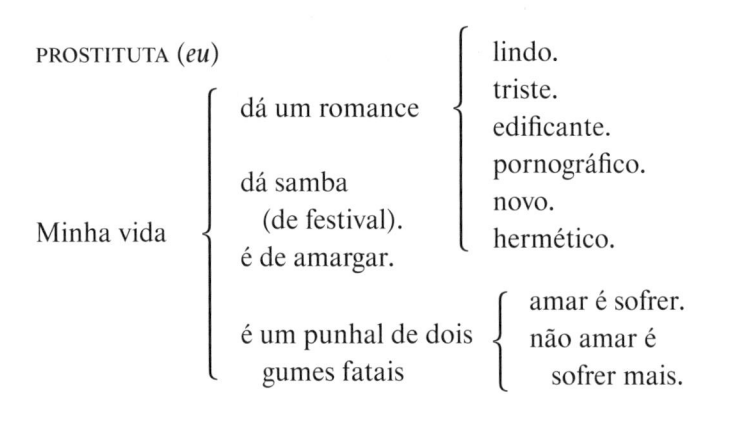

Você não vai tirar a roupa, benzinho?

CLIENTE (*José Roberto*)

Daqui a pouco eu tiro.

PROSTITUTA (*eu*)

Minha vida
- dá um romance
  - lindo.
  - triste.
  - edificante.
- dá samba (de festival).
- é de amargar.
  - pornográfico.
  - novo.
  - hermético.
- é um punhal de dois gumes fatais
  - amar é sofrer.
  - não amar é sofrer mais.

Você não vai tirar a roupa, benzinho?

CLIENTE (*José Roberto*)

Quais os melhores clientes?

Daqui a pouco eu tiro.

PROSTITUTA (*eu*)

Você — é o melhor cliente.
Você não vai tirar a roupa, benzinho?

(O cliente tira a roupa e debaixo da camisa tem outra camisa e debaixo da calça tem outra calça e debaixo do sapato tem outro sapato. As roupas já estão batendo no teto. José Roberto continua tirando roupas do corpo com rapidez cada vez maior e dizendo importantes coisas em alemão.)

CARTA (*reconstituição mnemônica*)

> *Ilmo. sr.*
> *Isaac Zaltman*
> *Programa* HOJE É DIA DE ROCK
> *Rádio Mayrink Veiga*
> *Nesta*
>
> *Prezado sr. Zaltman*
>
> *Sempre ouço o seu programa* HOJE É DIA DE ROCK, *o melhor do rádio brasileiro. Muito obrigado por transmitir diariamente a música dos* THE BEATLES. *Continue sempre assim.*
> *Lúcia McCartney*

CARTA (*ipsis litteris*)

"Palavras, palavras, palavras", diz Hamlet para Polonius no segundo ato.

Palavras, palavras, palavras, dirá você, vítima também da mesma dúvida existencial do personagem shakespeariano, ao ler esta carta.

Um dos poemas de John Lennon conta a história de uma moça que abandona a família em busca de fun. *"Ela tinha tudo", dizem os pais perplexos ao lerem a carta de despedida. É uma sexta-feira, a moça saiu sub-repticiamente, apertando o lenço de encontro ao peito e sentindo não ter podido dizer na carta tudo aquilo que pretendia. Tem um encontro marcado com um homem que representa para ela,* fun, *alegria, diversão.* "Fun is the one thing that money can't buy." *A letra inteira está na capa do disco. Você já deve conhecê-la. A música, do teu irmão (ou ex-noivo?) McCartney, é muito bonita também.*

Você saiu de casa (que era um edifício de tijolos, convenções e miséria) para entrar num circuito fechado, sem ar e sem luz, como o túnel de uma toupeira. Túnel que não pode ser o caminho da libertação individual que você talvez estivesse procurando.

Enfrente a realidade com suas dificuldades e asperezas.

José Roberto

"Sujeito pernóstico e besta", diz Isa depois de ler a carta. "Ele é mais besta e mascarado do que maluco. Faroleiro. Velho desfrutável. Atrevido." "Ele não é velho." Isa tem marcação com o José Roberto. Ela acha que se ele gostasse de mim ele se tornava uma espécie de protetor meu. Horrível, essa palavra. Meu protetor. Meu coronel. Se pudesse, *eu* era o coronel dele. Coitada da Isa. Eu não preciso de protetor, preciso de amor. Mas começou tudo errado. O túnel é eu ser uma puta? A libertação individual é ser bem-comportado? Ter um emprego decente? Ele não me entende, meu Deus, como é possível isso, se ele não me entende, quem vai me entender? "Chora, manteiga derretida", diz Isa, saindo do quarto, batendo a porta.

Isa está cada vez pior, reclamando que eu chego tarde (ou cedo) todo dia. Estou muito feliz e queria ver José Roberto. Passo os dias escrevendo cartas. (Para o José Roberto.) Assim que acordo (meio-dia) começo a escrever cartas. (Que não mando.) Hoje estou muito angustiada. Ele não precisava me dar adeusinho como se eu fosse um súdito (uma súdita?).

MINHOCA ENROLADA NO MEU PESCOÇO
LAGARTIXA ANDANDO NO MEU PEITO
BARATA ENROSCADA NOS MEUS CABELOS
RATO ROENDO A MINHA BOCA:

DIÁLOGO

— José Roberto esteve aqui.
— A que horas?
— De tarde.
— De tarde? Mas ele sabia que hoje eu tinha a primeira aula do curso de inglês.
— Ele vai embora, Lúcia. Veio deixar um cheque para você. Disse que vai ficar anos e anos fora.
— Anos e anos? Ele disse isso?
— Disse que talvez nem voltasse. Ele disse, eu não sou dono de mim, nem de ninguém, diga isso a ela.
— O que significa essa frase?
— Não sei.
— Ele estava triste?
— Não sei. A cara dele não dizia nada.

Lúcia McCartney

— Não acredito, não acredito. Ele me ama.
— Fala devagar! Não estou te entendendo.

"Seis horas da manhã, isso é hora de chegar em casa", repete Isa. Eu grito: "Vou embora, vou passar um belo fim de semana longe de tudo, onde ninguém me chateie, vou sumir, se o José Roberto telefonar (de onde?), diz que eu morri. Eu tenho que ir embora, Isa, do contrário quando ele chegar (de onde?) e ligar para mim eu saio rastejando, juro, estou sentindo dor no corpo todo de tanta saudade desse homem."

Isa: "Estou cercada de doidos por todos os lados."

VIII

Em São Paulo, na casa da minha tia. Estou aqui há uma semana. A geladeira tem um cadeado. Minha tia chama a parte da casa onde vivem as empregadas de edílica. O passatempo dela (minha tia) é falar mal das empregadas, dos vizinhos, do governo, do marido e dos artistas de cinema, rádio e televisão. Meu tio chega diariamente por volta das sete horas, com *O Estado de S. Paulo* debaixo do braço e diz sempre a mesma frase: "Uf, que dia, nem tive tempo de ler o jornal", sempre com a mesma inflexão e a mesma falta de significado ou destinatário. (Como o jornal, que no fim de semana é vendido a peso pela minha tia.)

Meu tio liga a televisão.

CENA (*verdadeira, com pequenas adaptações*)

LOCUTOR: O presidente da República pede a união de todos os brasileiros!
MEU TIO: Este país não tem jeito!

MINHA TIA: São todos uns ladrões!
MEU TIO: Quem paga somos nós!
LOCUTOR: Gloriosos destinos da nação brasileira!
MINHA TIA: O dinheiro vai para as amantes e para os parentes!

(À mesa de jantar)

MINHA TIA: A filha está grávida e eles querem esconder, pensando que os outros são imbecis!
MEU TIO: Coitados! A filha única!
MINHA TIA: Coitados!? Só não viu o que ia acontecer quem não quis. Aquela sirigaita não podia acabar de outro jeito!

(*De volta à sala de televisão*)

CANTORA: Larali, laralá etc.
MINHA TIA: Larali, laralá mas foi presa pela polícia tomando as tais bolinhas!
MEU TIO: Fulana?!
MINHA TIA: Fulana sim senhor! Você não sabe nada! Gastaram uma fortuna para abafar o escândalo!

Hoje é o sétimo dia do meu desterro. Sou a mulher mais infeliz do mundo. Não tenho pai nem mãe. (Mas até acho bom eles terem morrido, para não ficarem iguais aos meus tios. Pai e mãe não fazem falta. Irmão faz, foi por isso que eu arranjei a Isa pra irmã, ela é um pouquinho burra e chata, mas é minha irmã, não no sangue, no coração.)
Passo os dias e as noites ouvindo música no rádio de pilha e escrevendo cartas. Querido José Roberto eu te amo eu te amo eu te amo eu te amo eu te amo eu te amo eu te amo eu te amo eu te

amo. RASGO. Querido José Roberto. Não posso viver sem você, quero ficar perto de você, pode ser como empregada ou cozinheira ou engraxate ou lavadeira ou tapete ou cachimbo ou chinelo ou cachorro ou barata ou rato, qualquer coisa da sua casa, você não precisa falar comigo, nem olhar para mim. RASGO. Na casa dele não tem barata, cachorro, rato. Cachorro tem acento circunflexo? Circunflexo tem acento circunflexo? Sou muito ignorante para escrever para ele. (Esqueço que nem sei onde ele está.)

Não sei onde ele está.

Meu coração está negro. O ar que eu respiro atravessa um caminho de carne podre cancerosa que começa no nariz e termina com uma pontada em algum lugar nas minhas costas. Quando penso em José Roberto um raio de luz corta o meu coração. Ilumina e dói. Às vezes penso que minha única saída é o suicídio. Fogo às vestes? Barbitúricos? Pulo da janela? Hoje à noite vou à boate.

O QUARTO SELO (FRAGMENTO)

1. O Exterminador colocou a automática num coldre especial nas costas, logo acima da região glútea. A arma ficava deitada, o cabo para a direita ou para a esquerda, indiferentemente: o Exterminador atirava com as duas mãos. Com incrível rapidez, o Exterminador sacou a sua 54 Superchata, apontando-a para o peito do Cacique. O Cacique nem piscou. Ele mesmo tinha ensinado aquele ardil ao Exterminador.

"Aprendi isso numa antiga novela americana sobre terroristas negros", disse o Cacique. "É um truque velho, mas surpreendente. Hoje ninguém mais lê. Porém, tudo que eu sei aprendi nos livros." Um leve sorriso na sua boca de lábios finos.

O Exterminador tinha vindo de fora. Era identificado pela letra R.

"E o Exterminador RJ? Por que ele não faz o serviço?"

Havia cinco exterminadores infiltrados em São Paulo, Rio de Janeiro, Recife, Belo Horizonte e Porto Alegre. Sua função era matar as autoridades, técnicos e burocratas de alto nível que nunca apareciam em público e assim estavam longe do alcance dos ESQUADRÕES. (ESQUADRÕES: *grupos de especialistas em atentados pessoais com explosivos.*)

"O trânsito dele está difícil", respondeu o Cacique.

"Qual é o alvo?", perguntou o Exterminador com sotaque carioca, os *ll* soando como *uu*.

"O GG." (GG: *Governador Geral.*)

"Não vai ser fácil", disse o Exterminador com sotaque gaúcho, o *l* vibrando no céu da boca. Uma pequena demonstração de habilidade para impressionar, ou divertir, o Cacique. R podia ser infiltrado em qualquer parte do país ou do exterior. Ele assumia qualquer papel. Nem o IVE percebia sua impostura. (IVE: *Identificador Vocal Eletrônico.*) R controlava os mínimos gestos — comer, andar, sentar, correr, fumar, até a maneira de pensar ele condicionava ao personagem assumido. O treinamento dos Exterminadores para enganar e matar era tão elaborado e difícil quanto o dos antigos astronautas.

"Você vai receber um aviso. Este é o nosso último contato até você fazer o serviço. Use a primeira oportunidade que aparecer", disse o Cacique.

"OK", disse o Exterminador.

"Outra coisa", disse o Cacique, "dentro de um mês os BBB vão iniciar uma nova programação. Isto talvez ajude você. É só." (BBB: *especialistas em incêndios e saques, sigla derivada do grito dos terroristas negro-americanos do século XX*, burn, baby, burn.)

O Exterminador olhou a impassível cara enrugada do Cacique. Depois, retirou-se em silêncio.

2. Pelo vidro inquebrável, o GG verificou que quem estava na antessala era a sua secretária, d. Nova. O GG apertou um botão que acionou um mecanismo trancando uma das portas blindadas da antessala e abrindo ao mesmo tempo a outra porta que dava acesso à sua sala.

A secretária entrou com as duas mãos para o alto, o bloco de ditado enfiado no cinto.

"Como está a minha agenda?", perguntou o GG.

A secretária baixou as mãos lentamente, sempre com as palmas para a frente; quando chegou na altura do cinto, com as pontas dos dedos da mão direita retirou o bloco, enquanto mantinha a mão esquerda espalmada horizontalmente. Depois segurou o bloco com as duas mãos, mantendo-as afastadas quarenta e cinco centímetros do corpo. Exigências do RDE. (RDE: *Regulamento de Defesa Especial.*)

"Quarta-feira está livre", disse a secretária.

"Pan Cavalcânti desembarca hoje no Galeão. Avisar DEPOSE para alguém ir esperá-lo. Quero me entrevistar com ele na quarta-feira. Dezesseis horas." (DEPOSE: *Departamento de Polícia Secreta.*)

"Intercom, circuito fechado, ou vis-à-vis?"

"Circuito fechado", disse o GG.

3. Na portaria do hotel, em grandes letras de vapor de mercúrio, estava escrito: SE VOCÊ NÃO CONHECE HÁ MUITO TEMPO ESSE(A) HOMEM (MULHER) QUE ESTÁ COM VOCÊ, NÃO VÁ PARA A CAMA COM ELE(A). PROTEJA SUA VIDA.

"Se o povo fosse atrás disso, ninguém ia mais para a cama com ninguém", disse a mulher.

A mulher riu. O Exterminador continuou sério.

"IS?", perguntou o porteiro. (IS: *Identificação Social.*)

O Exterminador balançou a cabeça negativamente.

"Sobretaxa de vinte por cento", disse o porteiro.

"OK", disse o Exterminador.

"Quantas horas?", perguntou o porteiro.

"Não sei", disse o Exterminador.

"Mais dez por cento", disse o porteiro.

"OK", disse o Exterminador.

O Exterminador e a mulher foram para o quarto.

O Exterminador trancou a porta.

O Exterminador e a mulher tiraram a roupa.

A mulher deitou-se na cama.

O Exterminador abriu a bolsa da mulher e retirou um IAAP de couro e alumínio. (IAAP: *Instrumento de Algolagnia Ativo-Passiva.*)

Da cama, excitadamente, a mulher perguntou: "Você não é um SS, é?". O corpo dela estava todo arrepiado. (SS: *Super Sádico, pessoas que somente sentem prazer matando o parceiro ou parceiros no ato sexual.*)

"O que você acha?", perguntou o Exterminador friamente.

"Não sei", disse a mulher.

"Vira de costas", disse o Exterminador.

"Você vai me matar? Se você vai me matar, deixa eu tomar antes um EEE", disse a mulher. (EEE *ou 3-E: Estupefaciente de Efeito Estuporante.*)

"Vira de costas", disse o Exterminador, golpeando o IAAP com força sobre os seios da mulher.

A mulher cobriu os seios com as mãos.

O Exterminador golpeou a barriga da mulher.

Finos riscos de sangue brotaram na pele da mulher.

A mulher virou de costas. Suas nádegas estavam contraídas. Gemidos abafados saíam da sua boca. O Exterminador golpeou as costas e as nádegas da mulher.

O Exterminador deitou-se ao lado da mulher, sobre as marcas de sangue que o seu corpo deixara no lençol. O Exterminador abraçou a mulher com força, mordendo-a na boca até sentir o sangue doce molhar sua língua.

"Amor, me ama, amor", disse a mulher, pronunciando passionalmente A Grande Palavra do CO.

"Amor, amor", disse o Exterminador. (CO: *Código de Obscenidades, coleção de palavras de uso rigorosamente interdito.*)

4. Pan Cavalcânti sentou-se no CTCF, olhando para o quadrado de plástico à sua frente. (CTCF: *Compartimento de Transmissão de Circuito Fechado.*)

O quadrado preto se iluminou e apareceu o rosto do GG.

"Pan, como vai? Há quanto tempo não nos vemos?"

"Um ano", disse Pan.

"Você está bem. Estou gostando da sua cor."

"Isso é a TV. Na verdade não estou cor-de-rosa, não. Estou verde", disse Pan.

"Eu também", disse o GG.

Os dois homens ficaram se examinando, cada um em seu quadrado.

"Eu estou precisando de você", disse o GG.

"Como?", perguntou Pan.

"Quero que você assuma o DEUS", disse o GG. (DEUS: *Departamento Especial Unificado de Segurança.*)

"OK. Mas alguém tem que me substituir em Pernambuco", disse Pan.

"Já foi indicado", disse o GG.

"OK", disse Pan.

"O IPTMM tem observado uma crescente inquietação nas FUVAGS. É quase certo que o BBB se aproveitará disso", disse o GG. (IPTMM: *Instituto Pesquisador de Tendências Motivacionais da Massa.* FUVAG: *Favela Urbana Vertical de Alto Gabarito.*)

"Talvez sim, talvez não. Muito óbvio."

"Não podemos correr o risco. São vinte milhões de pessoas nas FUVAGS. Lembre-se que da última vez morreram quinze mil, só na Zona Sul", disse o GG.

"Eu me lembro", disse Pan.

"O ministro do Planejamento foi morto na semana passada. Foi morto na cama, ele e suas duas mulheres. Estamos ainda no escuro, investigando. Era absolutamente impossível o vis-à-vis com ele. Esta notícia é secreta. Repito: secreta."

"OK."

"Informações, com fator de exatidão oitenta, dizem que o Cacique entrou no país, vindo dos Estados Unidos."

"O Cacique?", disse Pan excitadamente, "aqui?"

"Oitenta por cento de exatidão", disse o GG.

"Então precisamos mesmo ficar preocupados com o ambiente nas FUVAGS. Qual o estoque de GASPAR?" (GASPAR: *Gás paralisante*.)

"Suficiente. Pan, ouça, não quero que você se preocupe com as explosões urbanas. Isso é rotina. Quero que você se concentre no Cacique. Nós queremos apanhar o Cacique. Será uma grande vitória psicossocial."

5. Segunda-feira, dia 18. O movimento na estação do metrô, na rua Uruguaiana com Presidente Vargas, era intenso. Às dezessete horas explodiu a primeira bomba, próximo de um dos guichês. Em seguida, mais cinco explosões, a última destruindo vários vagões de uma composição. Muitos gritos e gemidos. Cheiro de roupas e carnes queimadas.

Às dezessete e trinta cerca de duzentas mil pessoas começaram a destruir os botequins, armazéns, farmácias e lojas dos cortiços da avenida Nossa Senhora de Copacabana. Os duzentos mil, em seguida, se deslocaram em direção ao centro da cidade, ao encontro da massa que destruía as estações do metrô.

Grupos de BBB, comandados pelo rádio, armados de metralhadoras, espalharam-se pela cidade atirando bombas EXPLA nos edifícios. (EXPLA: *Explosivos Plásticos.*)

6. Terça-feira, dia 26. Pelos cálculos eletrônicos, apenas oito mil pessoas morreram nas agitações da semana. Sociólogos se surpreenderam com o pequeno número de perdas. As Forças de Repressão Antissocial, usando GASPAR e IE-IE-IE, dominaram a situação. Trezentas mil pessoas ficaram desabrigadas. (IE-IE-IE: *Irritante Epidérmico Triplo Concentrado.*)

7. Num carro com vidros à prova de bala, Pan percorreu os dois grandes guetos da Zona Sul, as FUVAGs de Copacabana e Ipanema. Os caminhões da Limpeza Pública recolhiam os cadáveres para levá-los aos fornos crematórios subterrâneos da praça XV de Novembro e do largo da Carioca. Os cadáveres não eram identificados. Seriam cremados com as roupas que usavam. Do terraço de um velho prédio em ruínas alguém atirou num dos guardas da Limpeza Pública. Dois guardas examinaram o colega caído no chão. Depois colocaram-no junto com os outros cadáveres num dos caminhões.

Pelo rádio, em código, Pan transmitiu a seguinte mensagem: ATENÇÃODEUSATENÇÃODEUSCHEFESDEDIVISÃOREUNIÃOHOJEDEZOITOHSLEVO PRISIONEIROIMPORTANTEPAN.

Dirigindo em alta velocidade, Pan chegou a Santa Cruz. Parou o carro na garagem de um edifício novo, subiu ao 74.º andar.

Na porta do apartamento 7404 estava embutido um microfone tendo em cima escrito IVE.

"Encomenda para o Chefe", disse Pan encostando a boca no microfone.

A porta abriu. Dentro da sala estava um jovem de óculos. O disparo de Pan furou a lente dos óculos, entrou pelo olho e varou a cabeça do rapaz, que caiu no chão. Os óculos continuaram no seu rosto. O barulho da arma foi pouco maior do que um sopro. Supersilenciador.

O Chefe, que estava deitado na cama, levantou-se quando viu Pan entrar no seu quarto. Pelo movimento do corpo, Pan viu que o chefe era canhoto. Com grande precisão Pan atirou no cotovelo esquerdo do chefe, partindo o seu braço. "Eu quero você vivo", disse Pan.

8. Nos subterrâneos do DEPOSE, um velho guarda ensinava um guarda mais jovem a montar o PERSAB. (PERSAB: *Persuasão Absoluta, instrumento de tortura física. Não confundir com* PERCOM, *Persuasão Compulsiva, também um instrumento de tortura, mas apenas psíquica.*)

"O PERSAB é fácil de montar", disse o velho, "basta apenas conhecer um pouco de mecânica e um pouco de eletrônica."

O velho ligou o fio dos dois audiofones do painel eletrônico.

"Se a luz vermelha acender quando você apertar este botão, é sinal que a ligação está correta. Vê como é simples."

O guarda jovem seguia atentamente tudo o que o velho fazia.

"As ligações do eletrochoque são enfiadas aqui nesta tomada. É preciso não confundir a parte de choque com a parte de som. Uma é letra S, está vendo? A outra é C. A verificação é feita com uma luz vermelha também. Viu?" Click.

Constritor testicular, sonda uretral escamada, clister gasoso e líquido, agulhas especiais — o guarda foi colocando todos os instrumentos sobre uma mesa coberta com uma toalha branca ao lado da cama de ferro.

"Este trabalho é muito fácil de fazer. Vou lhe dar um conselho: agarre esta oportunidade com unhas e dentes. Aqui você tem um bom emprego para o resto da vida. Enquanto a índole do nosso povo for a mesma, você está garantido. E mudar a índole do nosso povo é impossível, você não acha?"

9. O Chefe estava deitado na cama de ferro.

A câmera e o microfone de TV, operados na sala do GG, aproximaram-se do rosto do Chefe.

"Nós só queremos saber em que lugar está o indivíduo denominado Cacique", disse o GG, através do alto-falante.

"Não adianta falar", disse Pan, "nós arrebentamos os tímpanos dele. As perguntas têm que ser feitas por escrito. Ele ainda enxerga alguma coisa."

Num dos cantos da sala o guarda velho balançou a cabeça. Pan escreveu numa cartolina branca, em letras de fôrma grandes: O GOVERNADOR GERAL ESTÁ VENDO VOCÊ PELA TELEVISÃO. ELE QUER SABER ONDE PODEMOS ENCONTRAR O CACIQUE. SE VOCÊ DISSER SERÁ POUPADO.

"Limpem os olhos dele", disse Pan.

Os dois guardas enxugaram com esponjas e lenços os olhos do Chefe.

Ao ver a cartolina, o Chefe fechou os olhos.

"Ele é duro", disse Pan, "nem sequer conseguimos saber há quanto tempo ele chefia os BBB."

"O seu trabalho, Pan, tem sido altamente comendável, brilhante mesmo", disse o GG.

Pan deu uma volta na roda do aparelho constritor testicular.

O guarda velho disse baixinho para o jovem: "Nunca vi serviço tão malfeito. Assim ele vai matar o homem. Mas quem está dirigindo o serviço é ele, que parece não ter experiência, mas está com as ordens, entendeu?"

Pan escreveu numa outra cartolina a palavra EUNUCO e colocou-a na frente dos olhos do Chefe. (EUNUCO: *Eunuco.*)

O Chefe fechou os olhos.

"Você me põe a par do que for acontecendo", disse o GG, desligando a televisão. A câmera e o microfone recuaram para o nicho da parede.

O Chefe estava imóvel na cama.

"Acho que ele foi apertado demais", disse o guarda velho. "Como assim?", perguntou Pan.

"O doutor Baltar, que era sociopsicólogo, às vezes deixava o sujeito preso um mês, sem encostar a mão nele, sem botar no aparelho, pra deixar o medo crescer."

"PERSAB ou PERCOM?", perguntou Pan secamente.

"No PERSAB."

"Esse doutor não tinha pressa e eu tenho. O que aconteceu com ele?"

"Foi apanhado", disse o guarda velho constrangido. "Um Exterminador."

Pan virou as costas para os guardas, curvando-se sobre o corpo do Chefe. Pan colocou o ouvido sobre a boca do Chefe.

"Silêncio", disse Pan, para os guardas.

Pan levantou a cabeça do Chefe, uma das mãos no seu queixo, a outra na sua nuca. A boca de um e o ouvido de outro ficaram algum tempo colados.

"Ele acabou de confessar tudo. Preciso falar com o GG", disse Pan.

Pan saiu apressadamente.

"A rotina é esta: ao terminar o serviço, o CONTROLE é consultado e decide, de acordo com o computador eletrônico, para onde vai o preso, se é liquidado ou recuperado", explicou o guarda velho. (CONTROLE: *Controle.*)

O guarda ligou o INTERCOM e pediu CONTROLE. (*INTERCOM: Intercomunicação direta.*)

"Preso C-TBS-1487-018. Destino."

"Um momento", respondeu CONTROLE.

Pouco depois CONTROLE decidia, para surpresa do guarda, que o preso devia ir para Recuperação.

10. Pelo INTERCOM Pan ligou para o GG.

"Scramble", disse Pan.

"Pronto. Ninguém pode entrar na linha. Adiante", disse o GG.

"O Chefe falou. Preciso entrevista urgente. Supersecreta. Vis-à-vis", disse Pan.

"Vis-à-vis? Você sabe que vis-à-vis só em casos excepcionais", disse o GG.

"O caso é excepcional. Sua vida corre perigo. Não confie em ninguém", disse Pan.

"Está bem. Pode vir", disse o GG.

11. Pelo vidro o GG observou Pan. Pan parecia calmo. O GG apertou o botão.

Pan entrou com as mãos para o alto.

"Não temos tempo a perder. Dona Nova é um Exterminador. Temos que pegá-la imediatamente", disse Pan.

"Dona Nova? Impossível", disse o GG.

"O Chefe confessou tudo. Ele não podia ter inventado, o trabalho de dona Nova é secreto."

"Eu digo que é impossível", disse o GG.

"Não vamos perder tempo", disse Pan, com impaciência.

"Vou chamá-la", disse o GG.

"Não. Ela pode ter um miniexplosivo de alta potência escondido no corpo. Há outra saída daqui? Eu gostaria de surpreendê-la."

"Há uma saída de emergência atrás da estante", disse o GG.

"Então abre que eu vou sair por ela", disse Pan.

Uma luz vermelha acendeu o INTERCOM.

"Um momento", disse o GG tirando o receptor do gancho.

O GG escutou algum tempo.

"Era CONTROLE", disse o GG desligando o INTERCOM. "Disseram que o Chefe foi morto no DEPOSE. Quebraram o pescoço dele."

Por um segundo o GG olhou o rosto de Pan. Subitamente o GG enfiou a mão dentro do paletó. Mas o Exterminador foi mais rápido. Sua 54 Superchata detonou abrindo um buraco em cima do olho direito do GG, que caiu de bruços sobre o braço que segurava a própria arma ainda dentro do paletó.

O Exterminador curvou-se sobre o corpo caído. Apoiou o cano da arma na base do crânio do GG e detonou uma segunda vez.

É preciso tomar cuidado, a medicina de hoje está muito adiantada, pensou o Exterminador enquanto pisava nos miolos do GG espalhados pelo chão.

O CASO DE F.A.

"A cidade não é aquilo que se vê do Pão de Açúcar. Na casa de Gisele?"

"Foi", respondeu F.A.

"Aquela francesa é mesquinha e ruim. E também uma trepada de merda. Dizem."

"Eu dou qualquer dinheiro", disse F.A.

"Hum", respondi.

"Você disse que dinheiro compra tudo. Eu gasto o que for preciso", disse F.A.

"Sei. Continua."

"Quem me recebeu foi o... pederasta, a Gisele não estava. Fui correndo para o quarto, enquanto ele dizia, 'uma coisa especial, o senhor vai gostar, acabou de se perder'. Eu estava com medo de ser reconhecido, havia na sala algumas pessoas, dois homens, uma mulher. Quando entrei no quarto, ela encostou-se na parede com uma das mãos na garganta. Apavorada, entendeu?"

"Sei. E depois?"

"Eu disse: 'Não tenha medo, quero apenas conversar com você'. Ela continuou amedrontada, com os olhos arregalados, sem dizer uma palavra. Segurei sua mão muito de leve, sentei-a ao meu lado na cama. Ela estava dura de pavor, mal respirava."

F.A. passou a mão sobre os olhos.

"Estou com pressa", eu disse.

"Ficamos dentro do quarto duas horas. Não toquei nela. Falei, falei, falei, disse que também estava com horror daquilo. Estou mesmo, não aguento os encontros mecânicos com essas infelizes, sem amor, sem surpresa. No fim ela começou a chorar. Só falou uma vez, para dizer que desde que saíra de casa, eu era a primeira pessoa que a tratara como um ser humano. Eu tinha reunião do Conselho e não podia ficar mais tempo. Paguei e saí."

"Pagou a quem?"

"À Gisele. Ela havia chegado e estava na sala."

"A Gisele disse alguma coisa?"

"Acho que disse. Perguntou se eu tinha gostado, uma coisa assim. Eu disse que estava com pressa. Paguei o dobro."

"Por quê?"

"Não sei. Acho que quis impressionar a Gisele. Não, impressionar a garota."

"A garota não vai saber de nada. Você devia ter dado o dinheiro para ela."

"Fiquei com vergonha."

"Você já deu para outras. O veado estava na sala de espera?"

"Não. Só a Gisele."

"Alguém telefonou para você, depois?"

"Não."

"Você ligou para alguém?"

"Ah... liguei. Mandei chamar a garota. A Gisele disse que ela não podia atender, que eu fosse lá."

F.A. me segurou pelo braço: "A garota está numa prisão. Eu quero tirá-la de lá antes que ela se corrompa. Você precisa me ajudar."

"Você voltou lá?"

"Não..."

"Você só viu a garota uma vez e ficou tarado por ela?"

"Bem... eu a vi mais de uma vez..."

"Conta essa merda direito, porra."

"Voltei lá umas quatro vezes..."

F.A. calou-se.

"Desembucha logo, estou com pressa."

"A garota fugiu de casa, depois de fazer um aborto. O pai deu uma surra nela. Uma parenta do namorado arranjou o endereço da Gisele. A Gisele a obriga a prostituir-se, ameaçando-a com o juiz de Menores."

"Parece um romance intitulado: *A escrava branca da avenida Rio Idem*", eu disse.

"Você acha graça?", perguntou F.A. ofendido.

"Eu estou rindo? Continua."

"Não fui para a cama com ela nem uma vez. Ontem eu avisei que ia tirá-la de lá. Ela tremeu e disse para eu tomar cuidado."

"Cuidado? Um veado e uma puta francesa?"

"Você sabe, eu não posso me expor, um escândalo desses me arruinaria. Mas não são apenas os dois. Agora anda por lá um grandalhão de bigodes. Ele fica lendo estórias em quadrinhos na sala; quando passo me olha com desprezo."

"Esse sujeito falou alguma coisa com você?"

"Não. Mas eu tenho a impressão de que a qualquer momento ele vai me cuspir ou dar um soco na cara. É duro passar por aquela sala de espera. Não sei o que é pior, o gorila ou os... clientes..."

"Acho que não preciso saber mais nada. Espera uma notícia minha. Vá para casa. Deixa a chave daqui comigo."

"A chave daqui?"

"Você não está mais usando isto, está? Como posso trazer a garota para cá sem a chave?"

"Como é que você vai fazer?"
"Não sei."
"Não sabe?"
"Não sei."
"Mas você tem um plano, não tem?"
"Não tenho porra de plano nenhum."
"Mas como?... Me diz... de que maneira..."
Eu estava com pressa, sem paciência: "Vai pra casa, para perto de sua mulher, dos seus filhos, para perto dos seus colegas conselheiros, vê se não me aporrinha, deixa que eu quebro o galho".
F.A. passou a mão sobre os olhos, fez cara de infeliz.
"Anda logo, a chave", eu disse.
"Você está precisando de dinheiro?", perguntou F.A., enquanto me dava a chave.
"Por enquanto não."
"Quando é que você traz a menina?"
"Não sei."
"Quero levá-la comigo para Paris, no mês que vem. Vou em missão do Governo. Uma oportunidade ótima."
"Aposto que você já falou isso com ela."
F.A. se perturbou. O puto tinha falado. O ovo no cu da galinha.
"Vamos embora", disse para ele.
Descemos.
"Cuidado com o meu motorista. Não confio nele. Quem o empregou foi minha mulher", disse F.A.
"Me deixa na Gustavo Sampaio", eu disse.
Viajamos em silêncio. Várias vezes F.A. me olhou ansioso. Quando saltei, me apertou a mão com força, "telefone, dê notícias", disse.
Ziza, a empregada de Marina, me abriu a porta.
"Dona Marina está?", perguntei.
"Não senhor."

"Vou esperar por ela", disse.

"Sim senhor."

Fui para o quarto, liguei a vitrola, tirei os sapatos, deitei na cama, liguei o telefone.

"Gisele está?"

"Quem quer falar com ela?"

"Paulo Mendes."

"Um momento."

"Alô." Um sotaque francês forte.

"Quem fala aqui é Paulo Mendes."

"Pardon, mas não sei de quem se trata."

"Sou um amigo do Orlandino."

"Ah, oui, como está Orrlandim?"

"Ele está bem. Mandou um abraço para... a senhora."

"Muito obrigad."

"Eu estou precisando de sua ajuda."

"Oui..."

"Eu quero uma garota nova, sem muita experiência..."

"Aqui tem muitas garrotas... O senhorrr vem aqui ou querr que mande no seu aparrtamento?"

"Prefiro ir aí. A senhora tem uma garota desse tipo?"

"Acho que eu tenho o que o senhorrr querr. O senhorr tem o enderreço?"

"Tenho sim, o Orlandino me deu. Daqui a uma meia hora mais ou menos estou aí."

Calcei os sapatos. Ziza chegou com um cafezinho.

"Diga a dona Marina que eu volto mais tarde, daqui a umas três horas." Tomei o cafezinho.

Peguei um táxi.

O puteiro da Gisele era no sétimo andar. Uma porta de madeira trabalhada. Toquei a campainha. Uma empregada abriu a porta.

"Dona Gisele", eu disse.

"Tenha a bondade de entrar", disse a empregada. Uma sala de espera atapetada, cortinas, quadros. Tudo caro e de mau gosto.

Gisele tinha um jeito de gorduchinha no meio de um regime alimentar. Mas não era de se jogar pros cachorros.

"Senhorrr Paulo Mendes?"

"Sim."

"Querr me acompanharr?"

Passamos por outra sala. Nem sinal do grandão. Passamos por uma cozinha, sem fogão e sem armários. Saímos do apartamento, pelos fundos. Estávamos no hall de serviço.

"Precisamos tomarr cuidado. A polícia brrrasileirra é muito volúvel", disse Gisele, tocando a campainha da porta dos fundos de outro apartamento. No meio da porta, um olho mágico.

A porta foi aberta. Ao contrário do que eu esperava, não entramos numa cozinha. Uma sala de espera, com os mesmos tapetes vermelhos, os mesmos quadros e o grandalhão lendo estórias em quadrinhos. Ele me olhou rapidamente, o suficiente para gravar a minha cara e voltou a ler a revistinha.

Fomos para outra sala. Quatro garotas.

"Neuza", chamou Gisele.

"Boa noite", disse Neuza.

Baiana. Não era aquilo que eu procurava.

"Você é baiana?", perguntei.

"De Salvador. Como foi que você descobriu?"

"Música."

"Ela é exatamente como você querr", disse Gisele.

"Você quer me dar licença?", disse para a baiana.

Levei Gisele para um canto.

"Eu não gosto muito de nortista." Tinha que me arriscar: "Você não tem ninguém de Minas? Adoro as mineiras."

"Minerra?", perguntou Gisele com um sorriso forçado.
"Mineira... goiana... do centro, assim, sabe?"
"Minerra non tem."
"Está bem, o que posso fazer? Vou com a baiana mesmo."
"Tem uma do Espírrito Santo."
"Qual?", perguntei.
"Aquela de óculos."
Lentes claras, olhos frios, depravados. Já que eu tinha que trepar alguém, que fosse ela.
"Com ela, então", eu disse.
"Ela não é inexperriente", disse Gisele, com o mesmo sorriso suspeito.
"Com esse jeito de garota de colégio?"
"Magda", chamou Gisele. A baianinha me olhava ainda tentando disputar o páreo.
"Como vai, Magda?"
"Vou deixarr vocês sozinhos. O verrde", disse Gisele, desaparecendo em seguida.
O quarto tinha cortina verde, tapete verde, colcha verde, abajur verde, toalha verde.
Fiquei no quarto meia hora, tempo de otário, para não despertar suspeita na Gisele. Mas foi bom. Esqueci F.A. durante quase todo o tempo.
"Sou louco por mineira", disse para Magda, depois.
"Aqui não tem mineira nenhuma."
"Puxa, que azar. Só tem vocês quatro?", perguntei.
"Você gosta de variar, não é?"
"Gosto."
"Todo homem é igual."
"É verdade. Você é uma garota inteligente."
"Sou. Mas não entendo o que um homem bonito como você vem fazer aqui."

"Aqui só vem homem feio?"

"Não. Mas quando um homem bacana como você vem aqui é porque quer alguma coisa diferente. E você não quis nada diferente."

"Nós não fizemos exatamente papai e mamãe", disse para ela. "Eu quero dizer coisas ainda piores do que nós fizemos..."

"Um dia eu venho aqui com mais vagar."

"Nós podemos nos encontrar fora daqui. Eu tenho um apartamento em Copacabana..."

"Ah, você não mora com a Gisele?"

"Não."

"Algumas das meninas moram?"

"Só três."

"Aquelas três que ficaram na sala?"

"Não, uma delas, a baianinha."

"Espere aí, você está me confundindo. Quantas vocês são afinal?"

"Nós somos seis. As outras duas você não viu, porque uma saiu para fazer compras e a outra não aparece nunca."

Puta merda, como o raio da mulher demorou a dar o serviço!

"Não aparece nunca por quê?"

"Não sei. A Gisele faz um mistério danado. Mas eu estou aqui há pouco tempo. Cheguei do Espírito Santo tem uns vinte dias."

"Ela é mineira, essa garota que não aparece?"

"Você tem mesmo a mania, hein?"

"Tenho sim. Ela é mineira?"

"Eu acho que não. Eu só a vi uma vez, no dia em que cheguei, mas parecia que ela falava como carioca. Não sei."

"Como é que ela é?"

"Ela é muito alta. Fuma muito. É bonita. É nervosa, vive roendo as unhas."

"Como é o nome dela?"

"Miriam. Mas não sei se é o verdadeiro."

"E o seu verdadeiro?"

"Eloína. Você gosta?"

"Gosto."

"Eu não. Onde é que você vai brincar o Carnaval?"

"Não sei. Eu brinco o ano todo, chega no Carnaval eu tiro férias. Mas às vezes uma dona atrapalha os meus planos. Eu tenho que ir embora. Pago a você ou pago a Gisele?"

"Como você quiser, bem. Me telefona, hein?, vamos fazer um programa quente."

Prometi que telefonaria.

Gisele na sala de espera conversava com o grandalhão e o veado. Calaram-se quando apareci.

Paguei a Gisele.

"A moça lhe agradou?", perguntou Gisele.

"Muito", respondi.

"Quando eu não estiverr aqui, você pode falarr com o meu sócio, Célio."

Célio me estendeu a mão. Era uma mão suave como bundinha de criança. Ele estava maquilado como uma das putas da casa. Tinha um olhar febril. Os seus caninos compridos pareciam de um lobo.

"Muito prazer", disse Célio lambendo os lábios.

Saí, peguei um táxi, para a casa de Marina.

Ziza me abriu a porta. "Dona Marina já chegou", disse Ziza.

Marina estava deitada, vendo novela na televisão portátil.

"Você disse para Ziza o que vai querer para jantar?"

"Primeiro eu vou telefonar", respondi.

Telefonei para F.A.

"Ela é alta?"

"Muito."

"Fuma muito?"

"Não."

"Não?"

"Não, em todos os graus."

"Você não está podendo falar?"

"Exatamente", respondeu F.A. com alívio.

"OK. Ela não fuma, nunca, é isso?"

"Exatamente."

"Ela rói unhas?"

"Não, não."

"Porra!", exclamei.

"Às vezes...", disse F.A.

"Às vezes o quê? Às vezes rói?", perguntei.

"Positivamente não. As extremidades são longas, íntegras, cuidadas. É um comportamento parecido, esse que ocorre às vezes."

"Mão na boca, uma coisa assim?", perguntei.

"Parecido."

"Chupa dedo?", perguntei.

"É, é!", exclamou F.A.

"Calma."

"Você tem alguma... informação positiva?", perguntou F.A.

"Não. Falo com você amanhã, lá no seu randevu. Eu telefono."

"Espere... você —."

Desliguei.

"Tenho que sair, benzinho", disse para Marina.

"O quê?"

"Tenho uma porção de coisas para fazer."

Marina desligou a televisão e levantou-se.

"Eu pensei que você ia jantar comigo, e depois nós íamos a um cinema e depois... Já tem uma semana... Eu não sou de ferro..."

"Eu venho amanhã, sua ninfomaníaca", disse, dando uma palmada de leve no traseiro dela.

"Ninfomaníaca? Uma semana inteira? Acho que você tem outra mulher. Além da sua."

"Outras", disse e fui logo saindo. Ziza vinha com um cafezinho, mas não parei para tomá-lo. Discussão com mulher, se demora, engrossa, e não acaba mais. Com homem também engrossa, mas acaba logo.

Peguei um táxi para a casa de Mariazinha.

Hipóteses imaginadas dentro do táxi. 1) Eloína dissera a verdade e Miriam não era mineira, roía unhas, fumava e, portanto, não era a garota de F.A. 2) Eloína estava dizendo mentira e a Miriam era mineira, não roía unhas e não fumava e, portanto, era a garota de F.A.

Eloína dissera a verdade ou mentira? pensava dentro do táxi. Ela não parecia estar mentindo. Ela podia ser má observadora, afinal só havia visto Miriam uma vez, vinte dias passados; mas normalmente o mau observador não vê e sim deixa de ver coisas. Eloína vira Miriam fumando, roendo unhas. F.A. vira a garota chupando dedo. Chupando, como? Eu precisava conversar com F.A. para saber de que maneira a garota chupava dedo. Ela podia estar usando unhas postiças e continuava com o hábito de levar os dedos à boca sem roer as unhas; porém podia ter deixado de fumar logo depois que Eloína a vira.

O táxi chegou na casa de Mariazinha.

"Não vou poder ficar muito tempo", disse para Mariazinha, "tenho que ir para casa cedo. Minha mulher está desconfiada."

"É mesmo?", disse Mariazinha assustada.

"Não sei como foi que ela desconfiou", respondi.

"Como é que vai ser?"

"Não sei, meu bem."

Disquei o telefone.

"O Raul está?"

"Não está. Não deve demorar."

Deixei recado.

"Pensei que você ia jantar comigo hoje", disse Mariazinha.

"E que depois nós iríamos a um cinema, não é?", continuei.

"É..."

"Meu bem, com a vida de cachorro que eu estou levando..."

"Você trabalha demais..."

"O que posso fazer..."

"Quando é que eu vou te ver? O Carnaval vem aí..."

"Eu te telefono amanhã. Juízo."

"Posso ir ao Le Bateau hoje? Com uma amiga e o namorado dela..."

"Pode, querida, eu confio em você."

Entrei num táxi. Hipótese: Eloína dissera a verdade, ou o que ela pensava que fosse verdade. Premissa aceita. Nova conclusão: apesar disso, Miriam era a garota de F.A. A garota de F.A. não se chamava Miriam, chamava-se Elizabeth. Mas puta não tem nome certo. Miriam-Elizabeth, portanto, era a mesma pessoa que roía unhas e fumava desbragadamente na frente de Eloína, no dia 2 de janeiro, e que, no dia 5 de janeiro chupava dedo com unhas compridas na frente de F.A. Unhas postiças colocadas talvez pela zwigmigdal Gisele-Célio.

Cheguei em casa, Celeste me abriu a porta e saiu correndo para botar a dentadura. Voltou com uns dentes enormes dizendo: "fiz um franguinho para o senhor." Tomei banho e fui direto para a mesa. Celeste me preparara um franguinho com farofa, rosbife com champignon, salada de aspargos frescos. Mandei abrir uma garrafa de Grão Vasco, que acabei de esvaziar comendo queijo da Serra da Estrela com torradas.

"Telefonaram hoje de novo chamando pela sua senhora", disse Celeste. Ela achava engraçado eu fingir de casado.

"Você atendeu?"

"Não senhor. Eu estava sem dentes. Ninguém ia acreditar que uma mulher sem dentes era a sua senhora."

"Por que você não botou os dentes?"

"Eu com estes dentes ainda não estou falando bem", disse Celeste. E era verdade.

"Se telefonarem de novo amanhã, você diz que é a minha senhora. Se for igual àquela vez que uma moça telefonou dizendo aqui fala a amante do seu marido, você desliga dizendo que não gosta de maledicências."

"Posso dizer fofocas, em vez disso?"

"Pode. Conto contigo."

"Pode contar, doutor. Essas mulheres são umas verdadeiras pragas em cima do senhor, Deus me livre, he, he."

O telefone tocou. Era Raul.

"Raul, você conhece uma francesa cafetina chamada Gisele? Tem um sócio veado chamado Célio."

"Conheço."

"Dá o serviço."

"Foi amante de um senador, logo que chegou da França, garotinha. Se estabeleceu em frente ao Senado, ali mesmo onde ela ainda está até hoje, acho que em outro andar. O Senado foi para Brasília, o senador morreu — você quer o nome dele?"

"Por enquanto não."

"Pouco depois da morte do senador ela começou a fazer programa, depois virou cafetina como toda francesa que se preza, hoje ela joga na dupla: programa e cafetinagem."

"Proteção?"

"Proteção?"

"Ora porra, Raul, você sabe o que eu estou falando."

"Comum. O velho esquema. Ela foi processada uma vez, há quatro anos mais ou menos."

"Quem é o advogado dela?"

"O Antunes, um manco. Você conhece?"

"Conheço. Foi meu colega de turma."

"O cara é vivo pra caralho."

"Eu sei. Vivo e safado. E Célio? O bicha é sócio da Gisele?"

"Ele tem um salão de beleza. Usa o salão de beleza para aliciar meninas. Nós queremos pegar o puto mas está difícil. Foi preso uma vez, mas Antunes tirou ele no habeas."

"E um grandalhão bigodudo que tem lá? Você sabe quem é?"

"Não tenho a menor ideia."

"Acho que ele está lá há pouco tempo. OK Raul, qualquer dia eu passo na delegacia para te dar um abraço."

Botei o despertador para as onze, deitei, o despertador tocou me acordando, levantei, botei o meu sarongue, desci pelo elevador de serviço, apanhei o meu carro.

A Noite do Havaí estava cheia. Mulher de sarongue e pareô às pampas.

"Ô bonitão!", disse uma mulher bonérrima.

"Oba", eu respondi.

Demos uma volta agarrados pelo salão. O pareô dela era todo aberto na frente, não estava preso na cintura, estava amarrado no rabo, aliás genial. O rabo.

"Deixa eu trepar nas tuas costas", ela pediu.

Eu fingi que não tinha ouvido.

"Deixa", insistiu ela.

"Procura outro cara", respondi, "não estou com a menor vontade de sair de cavalo na *Manchete*. Se você quer mesmo trepar nas minhas costas vamos para outro lugar."

"Para onde? Pro Bola?", disse ela fazendo-se de besta.

"Lá pra casa."

"E sua mulherzinha?", disse ela mostrando a aliança no meu dedo.

"Foi pra Pindamonhangaba visitar a mãe."

"Só se for no fim do baile. Eu agora quero pular."

"Então pula. Se no fim do baile nós continuarmos com a mesma ideia a gente vai, OK?"

Um esporro desgraçado no baile. Tudo misturado, puta, mãe de família, donzela, artista, estudante, ratazana de praia, filha da mamãe, comerciária, vedete, grã-fina, manicure. Mas o que tinha mais mesmo era puta. Tava assim de puta. E um monte de coroa de barriga grande e rapazinho musculoso. Nas costas de um deles passou uma dona com rabo genial, a cabeça dele entre as pernas dela. Ele pulava, suava e era fotografado, a dona era mesmo infernal.

Um cliente me deu um abraço.

"Se não fosse o senhor ia passar o Carnaval em cana. O senhor não, você, você, meu irmão, hein você? Quer um cheirinho da loló?"

Botou o vidrinho na minha mão. Larguei-o falando sozinho, fui para o banheiro e tomei uma prise. Depois outra, até um frio gelado descer por dentro de mim e bater no calcanhar. O barulho da orquestra e das vozes cantando aumentou como se todos, músicos e mulherio, estivessem ali dentro comigo. Quando voltei, o salão parecia mais cheio.

No meio do salão começou a maior briga. Eu estava cansado de ver briga. Saí e fui até a piscina. Na piscina a brincadeira era jogar mulher dentro d'água. Joguei uma mulher dentro d'água e voltei para o salão. Dei novamente de cara com o cliente. "O senhor quer outro?", ele perguntou. "Nós vamos para uma festa de embalo no Joá. Isto aqui está muito morrinha. Você quer vir?"

"Depende das mulheres."

O cliente me levou pra mesa dele. Uma crioula, negra retinta, linda; e mais quatro mulheres, brancas e também bonitas, mas eu só via a negra.

"Vou. Mas quero a crioula", disse.

O cliente conversou com um cara da mesa. Eram três barbados na mesa. Eu não ouvia o que eles diziam, mas era uma discussão cabeluda. Palavrão pra cá, palavrão para lá. A crioula merecia. Eu ri para ela, ela nada, mas me olhou um tempão.

"Não dá pé. O Rodolfo diz que ninguém fica com a garota dele."

"O Rodolfo que vá pra puta que o pariu. Ele não aguenta nem se levantar da cadeira, vai desperdiçar o material", eu disse.

Agarrei a crioula e fui saindo. Ninguém me seguiu. O Rodolfo ia demorar algumas horas para sair daquela mesa.

"Onde é que você está me levando?", perguntou a crioula.

"Pra minha casa. Eu preciso telefonar."

Fiz bastante barulho quando cheguei, falei alto, para a Celeste não mostrar a cara.

Fomos para o quarto. A garota deitou na cama e ligou a televisão.

"Olha o nosso baile", ela disse.

"Estou apaixonado por você. Mas primeiro vou dar um telefonema."

"Amor à primeira vista?"

"Isto mesmo. Alô? Dona Gisele está?"

"Quem quer falar com ela?"

"Paulo Mendes."

"Um momento."

"Teu nome é Paulo Mendes?"

"Pode me chamar de Paulinho. Alô, Gisele? Paulo Mendes."

"Meu nome é Sandra."

"Paulo Mendes... Ah! você esteve aqui hoje de tarrde..."

"Exatamente. Eu mesmo."

"Que deseja você?"

"Eu queria uma garota... mas não quero esse tipo de dona sovada que tinha aí hoje."

"Como?"

"Uma coisa mais... pura... esse tipo de garota que chora quando vai para a cama com a gente... sabe como é?"

"Estás me dando uma bandeira", disse Sandra.

"O Orlandim disse que não conhece o senhorr", disse Gisele.

"Como?"

"Disse que não sabe quem é o senhorr."

"O Orlandino está maluco. Que foi que deu na cabeça dele?"

"Ele diz que não conhece o senhorr."

"O que você quer que eu faça?", perguntei.

"Nada", respondeu Gisele.

"Vou com ele aí, o idiota. Mas Gisele... e a menina que eu falei?"

"Não crreio que tenha esse tipo de pessoa aqui. Talvez se o senhorr prrocurrasse em outrro lugarr."

"Que pena. Passo aí amanhã."

"Mas eu não tenho esse tipo de menina."

"Até amanhã, Gisele. Boa noite", terminei jovial, mas a francesa estava fria do lado de lá. Desconfiada?

"Eu não vou chorar na cama", disse Sandra.

"Chorar? Nós vamos rir, meu bem, tira esse pareô."

E rimos mesmo, rimos até eu não aguentar mais, a negra era fogo.

Às cinco da manhã Sandra disse:

"Me leva para casa antes que clareie. Não quero desfilar no bairro de Fátima de pareô debaixo de sol."

Larguei Sandra em casa.

Voltei. Botei o despertador para as oito. Antes de dormir fiquei pensando uns dez minutos na negra. Uma coisa bonita, Sandra rindo, deitada na cama, olhão grande, nem uma cárie.

Às oito horas:
"O doutor está?", perguntei.
"Ele está dormindo. Quem quer falar com ele?"
"É o general Souto."
"Ele ainda não acordou, general."
"Quando ele acordar peça para ligar para mim."
O puto estava dormindo. Meu pai era imigrante. O pai dele era ministro. Na época em que eu lavava chão e espanava balcões e vendia meias, das sete da manhã às sete da noite e corria pro colégio, sem jantar, onde ficava até às onze horas, o puto ganhava medalhinhas no colégio de padres e passava as férias na Europa.

O telefone tocou.
"O general Souto é você?"
"Sou."
"Logo vi. O general Souto que eu conheci morreu há quatro anos. Alguma novidade?"
"Como é o nome da garota?" (Eu queria uma confirmação.)
"Elizabeth."
"Existe uma Miriam. No dia 2 de janeiro ela fumava e roía unhas. No dia 5 ela tinha deixado de fumar e roer unhas, em vez disso chupava o dedo. Miriam é Elizabeth."
"Você viu essa Miriam?"
"Não."
"Você está sóbrio?"
"Acabei de comer a maior crioula."
"Estou falando sério."
"Eu também."
"Se você acha que essa Miriam é a Elizabeth, por que você não tira ela de lá e me mostra? Eu digo logo se é ou não é."
"A Gisele está desconfiada."
"Desconfiada de quê?"

"De mim."

"Meu Deus!..."

"Não faz drama. Deus não existe. E se existisse não ia fazer porra nenhuma por você."

"O que você vai fazer?"

"Não sei."

"Você gosta de me martirizar..."

"Ora, vai te foder!..."

"Pra que toda essa pornografia?"

"Digo, vá ter relações sexuais com vossa senhoria mesmo!"

"Eu quero essa garota!"

"Você vai ter a garota. Calma."

"Calma, calma, você só sabe dizer calma."

"Calma", eu disse e desliguei.

O telefone tocou, tocou. Fui para o banheiro, tomei uma ducha fria.

Toquei para Aristides, cafetão profissional.

"Alô", disse ele depois do telefone tocar umas vinte vezes.

"Aristides, sou eu."

"Quem?", voz cheia de sono.

"O doutor Mandrake."

"Ah, doutor, como vai o senhor?"

"Bem. Quero uma informação."

"Manda que eu traço."

"Gisele e Célio."

"Ela é francesa. Ele é bicha louca."

"Sei. E um cara de bigodes que tem lá?"

"Pilão. O nome dele é Pilão. Uns dizem que por causa do soco, outros que é por causa do pau do cara. A francesa é doida por ele. Portanto..."

"É por causa do pau. Que mais?"

"Foi tira. Expulso. Andou matando mendigo. Lembra?"

"Lembro." O Raul estava me sacaneando?

"Foi a única coisa boa que fez na vida. Fora disso só fez maldade. Não fica de costas para ele."

"OK. E uma puta de nome Elizabeth ou Miriam que tem lá? Você conhece?"

"Doutor, existem duzentas mil putas chamadas Elizabeth ou Miriam no Rio."

"OK. Obrigado. Tudo bem contigo?"

"Na mais perfeita. Olha, o veado é fogo. Lembra do Madame Satã?"

"Ouvi falar. Não sou tão velho assim."

"Eu também só ouvi falar. Os mais velhos dizem que o Célio é pior do que o Madame Satã. Quebrou a cara de seis meganhas no baile do São José, no ano passado. Fantasiado de Ave do Paraíso, cheio de plumas."

"OK... Um veado insólito. Um abraço. Tchau."

Desliguei. Liguei minha vitrola estereofônica, acendi um corona, deitei no sofá.

Surgiu Celeste.

"O senhor não quer tomar café?"

"Alfamagrifos."

"Senhor?"

"Diga: alfamagrifos."

"Minha dentadura é nova."

"Fome de farofa frita."

"Isso ainda é pior."

"Quero uma laranjada e um pedaço de queijo cavalo. Tem queijo cavalo?"

"Claro, doutor."

"Então, mãos à obra."

Liguei o telefone.
"Gilda?"
"Querido! Você está aqui?"
"Estou. De passagem."
"De passagem?"
"Estou indo para o Paraná."
"Eu não vou te ver?"
"Está difícil..."
"Ah, benzinho, o Carnaval vem aí..."
"Já me disseram..."
"Não brinca não. Estou doida de saudades de você!"
"Eu também."
"Você jura?"
"Juro."
"Por tudo que é mais sagrado?"
"Por tudo que é mais sagrado."
"Você quer ver sua mãe morta?"
"Quero ver minha mãe morta."
"Eu te adoro!"
"Eu também."
"Você me escreve?"
"Escrevo. Tchau."
"Tchau? Meu bem, olha, espera um pouco..."
"Não posso, estou falando do aeroporto. Estão chamando para o embarque. Está ouvindo?"
"O queijo cavalo acabou", disse Celeste.
"Está ouvindo? Meu avião vai partir. Um beijo. Adeus."
Desliguei. "Acabou o queijo cavalo?"
"Acabou, sim senhor."
"Então me dá só a laranjada."
Fiquei pensando. Gisele era ruim. O bigodudo matava mendigo, Célio, o veado, era mais macho do que Madame Satã. Quando

eu era bem pequeno, fui à Lapa. Entrei na Bol e tomei meio litro de leite. Um velho garçom me disse: "A Lapa não é mais a mesma." Eu não acredito em conversa de velho. Acho que a Lapa foi sempre aquela merda.

Entrar no peito e tirar de lá Miriam-Elizabeth, como tirei Helô, a doida, de dentro do Sanatório de Botafogo?

Me vesti. Desci. Peguei um táxi.

Na sala de espera do escritório tinha um perneta e um zarolho. Clientes do meu colega L. Waissman.

"O garoto está no WC te esperando", disse L. Waissman.

"Porra, já de manhã?"

"Chateação começa cedo", disse L. Waissman. L. Waissman era o cara mais triste do mundo. Vivia lembrando o tempo em que havia bondes e cada perneta que aparecia ele provava que o cara tinha caído debaixo do bonde e ganhava uma indenização da Light. Naquele tempo ele tinha o maior viveiro de testemunhas do Rio, um olheiro em cada hospital e quase todos os escrivães distritais no bolso.

"O que é que vou fazer com esse perneta?", perguntou L. Waissman.

"Como é que foi?"

"Foi cortar um calo com uma gilete, infeccionou, gangrenou, cortaram a perna dele. Em Goiás. Médico do interior não brinca em serviço. Mandaram o sujeito pra mim. Mas não posso fazer nada. Não tenho mais ninguém nos hospitais. Não tenho mais testemunhas. Se o professor Barcelos ainda fosse vivo. Não havia juiz que não acreditasse nele."

Bati na porta da privada.

"Tem gente."

"Sou eu."

"Vou sair já, doutor,"

Ia sair coisa nenhuma. Quando estava apavorado ele ficava cagando horas e horas seguidas. Logo na primeira consulta ele borrou as calças e teve que me contar o caso sentado na privada.

"Abre a porta, Evaristo."

Entrei.

"Desculpe, doutor."

"O que há?"

"Estive no cartório da décima quinta, doutor, e o escrivão disse que o juiz vai decretar minha prisão preventiva. Se eu for preso a minha mãe morre, o coração dela está por um fio."

"Você deu dinheiro a ele?", perguntei.

"Dei."

"Quanto?"

"Cinquenta." Pê-rê-rê! "Desculpe..."

"Fique à vontade. O que foi que aquele gatuno disse para você?"

Pê-rê-rê.

"O escrivão. Que foi que ele disse?", continuei.

"Disse que ia quebrar o galho..."

"Aquele cara é um rato. Essa história de prisão preventiva é sacanagem dele. Não dá dinheiro para ele nunca mais. Pode ficar descansado."

"Que alívio, doutor!"

"Até logo." Fui saindo. "Fecha a porta, Evaristo."

Fraco neste mundo não tem vez, está fodido. Eu sei.

Dei uma olhada na papelada em cima da minha mesa.

Batista, meu secretário-contínuo-servente, entrou dizendo que um cliente queria me ver.

Era F.A.

"Você alguma vez amou na sua vida?", F.A. perguntou.

"Ha, ha!", respondi.

"Você é... uma pedra. Vai morrer sem amar. Como o Super-Homem."

"Eu amo seis mulheres. Sete, incluindo a crioula. Sete. Conta de mentiroso. Amo sete mulheres. Uma delas é preta e outra é japonesa."

"Não acredito."

"Amo mesmo. Amo qualquer mulher que vá para cama comigo. Enquanto dura o amor, amo como um doido."

"Você muda de mulher toda semana", disse F.A.

"Toda semana porra nenhuma. Mariazinha eu conheci no baile do Municipal, ela estava sambando em cima de uma mesa e eu dei uma dentada na bunda dela, vai fazer um ano que isto aconteceu."

"Por que você fez isso?", perguntou F.A.

"O quê?"

"Deu a dentada na, na moça."

"Sei lá. Tinha quinhentas mulheres trepadas na mesa, toda mesa tinha uma mulher em cima se exibindo, acho que aquilo me irritou. E a Mariazinha estava com a bunda quase de fora."

"E ela? O que foi que ela fez?"

"Ela deu um grito. Então os caras da turma dela engrossaram e partiram pra cima de mim e você sabe como é que é, tem sempre alguém levando as sobras e entrando na briga também, foi um sururu espetacular, durou só uns cinco minutos mas acho que até o governador gostou de ver. Quando saí da enfermaria ela estava na porta e disse 'benfeito'. Respondi 'eu te amo', e amava mesmo, e amo até hoje."

"Eu amo Elizabeth", disse F.A. Os olhos dele se encheram de lágrimas.

"O nome dela talvez seja Miriam. Ou talvez seja outro qualquer, Zuleima, Ester, Nilsa."

"Mas eu gosto de pensar nela como Elizabeth."

Com as costas das mãos F.A. limpou o rosto molhado.

"Eu estou triste", disse F.A.

Fiquei calado olhando para a cara dele.

"Por favor", disse F.A.

"Eu vou apanhar a garota. Liga para a Gisele e marca uma hora para você ir vê-la. Hoje à noite. Preciso ter certeza de que ela ainda está lá."

"Ficarei agradecido a vida inteira. A vida inteira", disse F.A.

"Telefone."

"O que digo para a Gisele?"

"Marca o encontro."

F.A. discou.

"Alô", disse F.A.

Corri para a sala de L. Waissman, onde tinha uma extensão do telefone.

"Como vai o senhorr?"

"Bem, obrigado. Dona Gisele, eu, eu gostaria de ir aí hoje."

"Pode virr a horra que o senhorr quiserr."

"Irei à noite. Nove horas. Vinte e uma horas."

"Estarrei esperrando."

"Eu, eu gostaria de ver a Elizabeth."

"Elizabeth? Não sei... está difícil..."

"Está difícil? Está difícil como?", a voz de F.A. tremia. O imbecil já estava em pânico.

"A menina é muito novinha... Não querr mais fazerr essa coisa..."

"Diga a ela que sou eu."

"Porr que o senhorr não fica com outrra?"

"A senhora sabe muito bem que eu não quero outra."

"A menina não querr mais..."

"Diga que sou eu. Diga que sou eu!"

"Ela não querr verr ninguém..."

"Eu preciso vê-la dona Gisele!"

"O senhorr é uma pessoa tão boa que eu vou verr se posso ajudarr. Vou conversarr com a menina. A mãe dela vai fazerr uma operrração, prrecisa de dinheirro..."

Lúcia McCartney

"Eu pago a operação. Pago o que for!"

"Eu vou arranjarr tudo. Fique trranquilo. Pode virr às nove horras."

"Estarei aí às nove horas em ponto."

"Bom dia."

Voltei para minha sala. F.A. ainda estava com o telefone na mão, absorto. Desliguei o telefone.

"Você ouviu tudo?", perguntou F.A.

"Ouvi."

"Eu tenho um jantar hoje, na Embaixada da Índia."

"Fique tranquilo. Vá parra o seu jantarr, eu tomarr conta de tudo."

"Você tem algum plano?"

"Não tenho pô — tenho sim mas não vou contar para você. Até logo."

"Onde é que você vai?"

"Eu não vou a lugar nenhum. Você é que vai embora." Empurrei F.A. para fora do meu escritório.

Disquei o telefone.

"João?"

"É sim..."

"Quando é que você vai me pagar aqueles quinhentos?"

"Puxa, rapaz, você sumiu, nunca mais deu as caras. Aposto que parou, deve estar uma vaca."

"Quer sair pra uma? Pra ver?"

"Ha, ha!, doutor!"

"Você é que deve estar com uns cento e vinte de cintura."

"Estou treinando todo dia. Você precisa vir aqui. Eu remodelei tudo."

"Um dia eu vou. Olha, estou precisando de um cara parrudo, moita, e que não seja muito burro."

"Pra quê?"

"Pra ficar perto de mim numa diligência. Talvez ele não precise fazer coisa alguma. Talvez precise fazer muito. Além de parrudo ele tem que ter experiência. E falar pouco, evidentemente."

"Eu tenho essa pessoa. O nome dele é José. Ele é meio esquisito, calado demais. Mas é um cavalo de forte. Você combina tudo com ele. Posso aproveitar e fazer uma consulta?"

"Pode."

"Um amigo meu entrou num cento e cinquenta e cinco. Posso mandar aí no teu escritório?"

"O que foi que ele roubou?"

"Ele é pilantra. Roubou uns relógios, mixaria."

"Ele é muito teu amigo?"

"É o meu irmão."

"Manda ele aqui amanhã. E manda esse tal..."

"José..."

"José, agora mesmo. Um abraço."

O sujeito era grande, tipo bonitão, mas a cara dele era séria. Andou até a minha mesa, me olhou de frente e disse: "o João me mandou aqui", com voz baixa e seca.

Mandei ele sentar.

"Uma cafetina francesa e um veado prenderam uma garota dentro dum puteiro e eu quero tirar a garota de lá. Eles têm um guarda-costas, forte, ex-tira. Os três são capazes de todas as sujeiras. A francesa chama-se Gisele, o veado Célio e o guarda-costas nós vamos chamar de Grandalhão. O apelido dele é Pilão, mas eu penso no cara como Grandalhão. Ele foi expulso da polícia por homicídio, andou matando uns mendigos. Você conhece essa gente?"

"Não."

"O Grandalhão deve estar armado. Mas não acredito que ele use arma de fogo logo de saída. Ele vai começar usando um cassetete ou coisa assim. Ele tem que ser liquidado logo. A francesa e o veado também são muito perigosos. Esquece que ela é mulher. Esquece que ele é veado. Não vamos matar ninguém, mas se for preciso vamos quebrar alguns ossos. OK?"

"O Grandalhão é canhoto ou direito?"

"Não sei."

"O veado anda armado também?"

"Não sei."

"A garota que está presa sabe da nossa ida?"

"Não."

"Como é que vamos entrar lá?"

"Eu vou pela porta da frente. Mas devo sair num hall de serviço, para entrar de novo onde a garota está. Você fica escondido na escada de serviço. Quando eles abrirem a porta eu dou um assobio forte. Você tem três segundos para aparecer. Nesses três segundos eu garanto que ninguém fecha a porta."

"Está bem", disse José. "Vou levar duas cordas de nylon."

"Vamos nos encontrar às oito horas, na Cinelândia, em frente ao Odeon."

F.A. me telefonou duas vezes mas eu não atendi, mandei dizer que tudo estava bem.

Saí, fui até ao Foro ver o andamento de alguns processos. Quem pensa que advogado trabalha com a cabeça está enganado, advogado trabalha com os pés. Todas as petições são iguais, quanto menor melhor, para facilitar a vida do juiz.

Voltei para o escritório, atendi dois clientes (artigos 155 e 129) e depois liguei para as minhas mulheres. Todas queriam me ver, mas eu não podia ver ninguém. E não queria. Se fosse ver e comer alguém seria a crioula. Inventei as desculpas de sempre. Todas aceitaram, menos Neide, que disse:

"Se você continuar sumido eu vou te botar chifre."

"Sumido?"

"Você não me engana."

"Eu fui a São Paulo."

"Aqui", disse ela.

"Se você não quer acreditar em mim, não acredita."

"Não acredito mesmo", disse ela desligando.

Essas mulheres não têm juízo.

Às oito horas estava em frente ao Odeon. A essa hora o número de veados ainda é pequeno. Mesmo assim um parou perto de mim e começou a suspirar; eu fingi que não vi. Depois chegou um amiguinho dele e os dois começaram a desfilar na minha frente, de um lado para o outro, cochichando e soltando risinhos.

Quando José chegou os veadetes ficaram ainda mais alvoroçados. Vida de veado não é fácil.

Eu e José fomos até o Passeio Público. Procuramos um banco vazio.

"Você tem alguma dúvida?", perguntei.

"Fico na escada, ouço o seu assobio e entro correndo no apartamento. Quem estiver na frente eu jogo no chão."

"E se eu estiver na frente?"

"É bom você não ficar."

"OK. Trouxe a corda?"

José abriu o paletó; várias voltas em torno da cintura.

Ficamos em silêncio, olhando as calçadas cheias, do outro lado da rua, as luzes dos cinemas. Eu pensava "puta merda, eu gosto pra caralho desta cidade".

"Você está pensando em quê?", perguntei.

"Uma porção de coisas", disse José. Ele não queria muita conversa.

Às cinco para as nove eu disse: "Vamos."

"Que tipo de assobio você vai dar?", José perguntou. Meti dois dedos na boca e assobiei.

"É melhor você não usar os dedos. Você pode estar com as mãos ocupadas."

O cara não era bobo.

Subimos até o sétimo andar pelo elevador de serviço.

"A porta é esta", mostrei. Eram quatro portas. Descemos pela escada de serviço. No meio da escada, entre o sexto e o sétimo andares paramos. "Aqui ninguém te vê. A distância deve ser de uns oito metros, no máximo. Até já."

Não havia comunicação entre o hall de serviço e o hall social. Desci pelo elevador de serviço até o térreo, passei para o elevador social, subi, desci no sétimo andar.

Gisele abriu a porta.

"O senhorr?"

"Como vai, Gisele?"

"O senhorr querr alguma coisa?"

"Uma pequena."

"Aqui não tem as moças que o senhorr querr..."

Gisele virou-se e olhou para o fundo da sala. Estava em dúvida se me mandava embora. Uma suspeita, fundada apenas na intuição. Entrei.

"Hoje só está Neuza aqui. O senhorr não gostou dela..."

"A Neuza serve."

Gisele olhou o relógio de pulso, relutante.

"Está bem. Tenha a bondade", disse ela. Cruzamos a sala e a cozinha, saímos no hall de serviço. Gisele tocou a campainha do outro apartamento. Olhei a escada, nem sombra de José. Simulei um ataque de tosse.

O Grandalhão abriu a porta. Eu parei a tosse por um momento e assobiei forte. Continuei tossindo, e dei dois passos olhando a cara do Grandalhão. O Grandalhão estava alerta, parecia um cachorro surpreso, com as duas orelhas em pé. Ouvi o barulho dos passos de José se aproximando. Entrei, segurando a porta na maçaneta. O murro do Grandalhão me pegou no peito. Nesse instante surgiu José e o Grandalhão acertou-o na cara, mas José entrou também. O Grandalhão apareceu com um cassetete na mão. Um balão de José atirou-o no chão. Aquela briga ia demorar. Corri para os quartos. Gisele estava na minha frente, com um objeto de metal na mão. Dei um pontapé na sua perna. Gisele se curvou. Enfiei o punho com força na sua barriga mole. Gisele caiu ainda agarrando o objeto. Pisei sua mão.

"Onde está Elizabeth?", perguntei.

Gisele olhou para trás de mim. Me virei e Célio meteu as unhas nos meus olhos. Senti o rosto ardendo, como se tivesse sido cortado por uma navalha. Minha vista direita ficou nublada. Bati com toda a força no nariz dele. Ele se atirou sobre mim, me deu uma dentada no braço. Dei um murro na sua cabeça. Célio ficou inteiramente careca. Sem peruca ele ficava horrível. Célio me unhou no pescoço. Eu sangrava. Estava vendo cada vez pior da vista direita. Vai ver, o filho da puta tinha me cegado. Dei-lhe um murro na orelha. Célio caiu. Chutei a sua cara, bem em cima da boca, o puto ia ter que gastar muito com o dentista e o cirurgião plástico.

José surgiu. Suando, o paletó rasgado, um enorme hematoma no rosto, sangue escorrendo da cabeça.

"Ele está amarrado", disse José ofegante.

"Fica de olho nestes dois", eu disse.

Célio estava desmaiado no chão e a francesa estava sentada de olhos fechados, encostada na parede.

Na sala estavam Eloína, Neuza e uma outra. Assustadas.

"Você é que é Elizabeth?", perguntei.

"Não, não, o meu nome é Georgia."

"Onde é que está a Elizabeth?", perguntei a Eloína.

"Foi para o quarto."

"Me mostra." Agarrei Eloína pelo pulso, fui para o corredor. "Aqui", disse Eloína.

Elizabeth-Miriam estava no meio do quarto, de olhos arregalados.

"Não precisa ter medo", eu disse. Expliquei que o F.A. tinha me mandado. "Vamos embora", continuei.

"Eu não... Eu... Eu vou ficar aqui mesmo", disse ela.

Empurrei Miriam-Elizabeth até a sala. Ela foi batendo pelas paredes. Mostrei Célio e Gisele.

"Ou vem comigo ou vai ficar aí no chão como essas duas pústulas", eu disse.

"Vai com ele", disse Gisele, sem abrir os olhos. Mal se ouvia a sua voz.

Descemos pelo elevador de serviço. Pegamos meu carro no pátio interno.

"Obrigado", disse para José. "Onde você quer que eu te deixe?"

"No Flamengo. Perto da Buarque de Macedo."

"Você passa no meu escritório para receber. Quanto é que você quer?"

José ficou calado.

"Pode chutar alto. Quem vai pagar não sou eu. O cara é rico."

"Não é nada. O João pediu, eu fiz um favor para ele."

"Então deixa eu te mandar um presente. Tá bem?"

"Está."

"O quê?"

"Uma vitrola. Pode ser?"

"Vou te mandar uma estereofônica", disse.

José saltou no Flamengo.

"Onde é que você está me levando?", perguntou Miriam-Elizabeth, tremendo.

"Para o apartamento do F.A."

Chegamos ao apartamento. Tranquei as portas da frente e dos fundos, meti as chaves no bolso. Fui ao banheiro olhar os estragos feitos por Célio. Um corte no olho direito até o queixo; outro corte no pescoço. Os ferimentos já estavam coagulados. Meu rosto estava feio pra caralho. Tirei a camisa. O ferimento do braço era o pior de todos, os dentes pontudos daquele cão tinham entrado fundo na minha carne. No armário do banheiro havia um vidro de mertiolate, que despejei no braço e passei na cara.

"Qual é a operação que sua mãe vai fazer?", perguntei a Miriam-Elizabeth.

"Operação?"

Eu já estava enxergando melhor. Fechei o olho esquerdo e fiquei olhando para Miriam-Elizabeth apenas com o direito. Disquei o telefone para a casa de F.A.

"O conselheiro está?"

"Ele foi jantar fora. Ainda não chegou. O senhor quer deixar recado?"

"Diga que foi o senador Ferreira Viana."

Desliguei. Continuei testando o meu olho direito. Estava vendo perfeitamente.

"Por que você não senta? Nós temos muito o que conversar", disse para Miriam-Elizabeth.

"Eu quero ir ao banheiro."

"Eu te mostro o banheiro."

Fiquei em pé na porta do banheiro.

"Dá licença?", disse ela.

"Sinto muito mas vou ficar aqui. Este banheiro tem um trinco por dentro e eu não quero perder você de vista. Eu não vou te olhar, não se preocupe."

"Eu fico constrangida", ela disse.

"Azar", respondi.

Miriam-Elizabeth entrou. Fiquei do lado de fora, apenas com um braço para dentro. Ouvi o barulhinho dela urinando. Voltamos para a sala.

"Qual é a operação que a sua mãe precisa fazer?"

"Estômago."

"Ela tem úlcera?"

"Tem."

"Em Minas?"

"Como?" Miriam-Elizabeth uniu com força as duas mãos como se estivesse rezando.

"Mulher com úlcera no interior de Minas?"

"Não estou entendendo..."

"É muito raro mulher ter úlcera de estômago, ainda mais no interior de Minas."

"O senhor é médico?"

"Qual a sua opinião?"

"Não sei. O senhor me pergunta coisas que eu não sei responder."

"Qual o seu nome?"

Miriam-Elizabeth me olhou nos olhos.

"Não minta para mim, sua puta!"

"Laura."

O telefone tocou.

"Estou telefonando para você desde as nove horas", disse F.A.

"Onde é que você está?"

"Na Embaixada da Índia. A garota está aí?"

"Está."

"Graças a Deus! Ela está bem? Falou em mim?"

"Nós conversamos pouco. Mas foi o bastante. Ela é uma vigarista, estava atrás do teu dinheiro junto com Gisele e o veado."

"Como? Como?"

"Ela mesma vai falar com você."

Passei o telefone para Miriam-Elizabeth-Laura.

"É verdade — me desculpe — me desculpe — como? — foi isso mesmo — estou, estou arrependida — você é muito bom..."

Miriam-Elizabeth-Laura me deu o telefone de volta. "Ele quer falar com você."

Coloquei o telefone no ouvido. F.A. falava baixo, com medo de ser ouvido.

"Eu amo essa mulher, entendeu, não me interessa o que ela é."

"Ela estava te enganando..."

"Não tem a menor importância."

"O dinheiro é seu."

"É isso mesmo!"

"Você quer que eu durma aqui?", perguntei.

"Quero. Amanhã, de manhã, passo aí."

Desliguei o telefone.

Segurei a mão de Miriam-Elizabeth-Laura.

"Vamos embora para a cama, ele só vem amanhã de manhã."

Sua mão apertou a minha. Miriam-Elizabeth-Laura não tinha mais medo.

* * * (ASTERISCOS)

* * *

Conforme esta coluna antecipou, o diretor José Henrique, convidado para dirigir a trilogia GT, *produzirá apenas* Endereços. *"As três peças deveriam ser representadas concomitantemente. Mas a comercialização do teatro nacional e a preguiça e a burrice e a alienação dos espectadores não permitem a encenação de uma peça de seis horas de duração", disse a esta coluna o jovem diretor.*

* * *

Os ensaios da peça Endereços *continuam sendo realizados em regime de urgência. A foto mostra o diretor José Henrique esbofeteando a atriz Célia Regina.*

ENTREVISTA

P: *Como foi que você decidiu enfrentar o grande desafio de encenar o* Guia dos Telefones?

JH: Não sei. Acho que cansei dos velhos textos do teatro do absurdo, da crueldade, da incomunicabilidade etc. Sentia-me enclausurado num microssegmento do multicodalismo do conhecimento humano. No ano passado encontrei-me com Tynan em Londres e ele me disse: "O grande diretor de teatro ainda não nasceu." No avião vim pensando, Welles, Barrault, Vilar, todos apenas hubris e nada mais.

P: *E Stanislawsky?*

JH: Você leu o livro dele?

P: *Que livro?*

JH: *Minha vida de artista*, ou coisa assim. O sujeito era uma besta. Talvez tivesse sido um bom ator representando pecinhas de Gorki e Tchekhov, mas diretor, diretor mesmo, o cara não era. Quando esta múmia morreu, nem eu nem você éramos nascidos.

P: *Quando foi?*

JH: Trinta e muitos. Antes da Segunda Guerra. Vê como o sujeito é antigo?

P: *Você resolveu dirigir o* Guia dos Telefones *para mostrar que é um grande diretor?*

JH: Eu não preciso mostrar a (........) nenhum que sou um grande diretor. Escolhi o *Guia dos Telefones* por ele ser uma peça (conjunto de informações sobre o mundo) da maior importância, constantemente renovado, pós-atual, onde o contexto predomina sobre o texto e a analogia sobre as relações de quantidade. Quando você for imprimir isto manda colocar a frase conjunto de informações sobre o mundo entre parênteses.

P: *Parece que você não está ensaiando todas as três peças que integram o* Guia dos Telefones. *Podem elas ser representadas isoladamente, sem deformações no seu significado, como acontece com a edipiana de Sófocles, por exemplo?*

JH: Sófocles escrevia peças compactas. O que há de comum entre *Édipo Rei*, *Édipo em Colona* e *Antígona* é a presença de Antígona e Ismênia em todas elas, dizendo porém coisas diferentes. Aliás em *Édipo Rei* nem isso acontece, pois elas ficam mais mudas. No *Guia dos Telefones* há uma profunda e inseparável ligação e dependência entre *Endereços* e *Assinantes* e destas com as *Páginas Amarelas*. Mas infelizmente não poderei ensaiar a trilogia, demoraria seis horas e os oligofrênicos que frequentam o teatro não aguentariam tanto tempo com o estômago vazio. E os empresários querem apenas ganhar dinheiro, como os editores, os *marchands de tableux*, os exibidores e demais exploradores dos artistas e intelectuais. Como só podia levar uma, optei por *Endereços*, onde a temática da estética como ciência da sensualidade é confrontada com a dessublimação repressiva da sociedade tecnológica.

P: *Dizem que a encenação do* Guia dos Telefones *é um marco tão importante para o teatro quanto o transplante de cérebros para a medicina.*

JH: Acho a comparação muito infeliz. A arte sempre foi mais importante que a ciência, da qual a medicina é um dos ramos menos relevantes. Você falou em Sófocles. Você se lembra do nome de algum médico do tempo dele? Mas conhece Ésquilo, Eurípedes, Aristófanes, Heródoto, Tucídides, Sócrates, Platão, Xenofonte, Fídias, Praxíteles, centenas de nomes célebres, contrapostos apenas ao de Hipócrates, que era mais uma espécie de *public relations* da medicina do que propriamente um médico. O médico mais famoso de hoje é quando muito duas linhas do *Guia*. Depois de morto nem isso. Os técnicos só valem enquanto vivos.

P: *Qual o seu próximo projeto?*

JH: A *Psychopathia Sexualis,* de Krafft-Ebing, no qual as mulheres farão os papéis dos homens e os homens os papéis das mulheres. Pretendo desmitificar o sexo e a sua psicopatologia. Por trás das taras dos pacientes de Ebing estão insolúveis problemas de adequação dependencial que pretendo expor, pela primeira vez, num palco.

TV

VÍDEO	ÁUDIO
Close do Animador	E agora, queridos telespectadores, vou chamar aqui, à frente de nossas câmeras e microfones, o grande diretor teatral José Henrique. Uma salva de palmas para ele, que ele merece.
Pessoas sentadas batendo palmas	*Palmas*
Close do Animador *José Henrique andando* *Close do Animador* *Close de José Henrique* *Close do Animador*	Você já começou a ensaiar a sua peça, José Henrique? Senhoras e senhores, José Henrique está dirigindo a trilogia GT, o maior acontecimento teatral da temporada. Tudo bem, José Henrique?
Close de José Henrique *Close do espectador* *Close de José Henrique* *Close do Animador* *Close do espectador* *Close de José Henrique* *Close do espectador*	Por enquanto é cedo para dizer. Quer dizer, os ensaios vão bem. Quer dizer, nem começaram ainda. Mas isso não é problema. Problemas nós vamos ter com o público, que é cretino, e com a censura, que é sempre composta de sujeitos que têm horror à vida e à arte. Todo censor é um assassino em potencial, todo espectador teatral um débil mental.

PROGRAMA

JOSÉ HENRIQUE — A DIREÇÃO COMO CRIAÇÃO

"Minha biografia não interessa a ninguém", costuma dizer o jovem diretor de *Endereços*. José Henrique surgiu de repente no teatro brasileiro dirigindo *Dias Felizes*! Colocou os dois personagens da peça inteiramente nus, a mulher manchada de fezes e o homem de sangue. "Hoje eu não perderia tempo com Beckett." Sua consagração, porém, foi com a adaptação de *Juliette*, de Sade. "A plateia de teatro é normalmente composta de estupradores latentes, homossexuais reprimidos e incestuosos sublimados, todos com complexo de culpa. É claro que a peça do divino Marquês teria que ter sobre eles um grande efeito catártico." José Henrique não pensa mais em dirigir Sade. "Sade me interessou como uma experiência de consubstanciação do sexo da violência com a violência do sexo. Mas isso está superado. O orgasmo é um prato de batatas fritas."

GUIA DOS TELEFONES — UM DESAFIO SEM OPOSIÇÃO DESDE 1876

Quando a Bell Telephone System publicou seu primeiro catálogo no século XIX, ninguém percebeu as potencialidades dramáticas do empreendimento. Em 1956, John Gurrisi, um obscuro americano de origem italiana, residente na mansarda do prédio número 281, da Dartmouth Street, em Boston, tentou levantar recursos para a representação de *Yellow pages — Looking for something? No. I found it*. Gurrisi, que trabalhava na biblioteca pública em Copley Square, a poucos passos de sua residência, fracassado em seus objetivos, sumiu de Boston. Seria interessante encontrá-lo, pois Heinrich Boechner, de München, suicidou-se depois de anunciar que estava preparando a representação de

Das Fernsprecherbuch. Isso ocorreu em 1960. Durante muitos anos ninguém mais teve coragem de enfrentar a gigantesca complexidade do texto. E foi no Brasil que, por um jovem diretor chamado por muitos de louco, a grande obra acabou sendo levada à cena. "Eu havia acabado de ler *Psicolinguística — um levantamento dos problemas de teoria e pesquisa*, de Osgood e Sebeck", diz José Henrique, "e estava com isto na cabeça: as relações entre o observador e o observado, uma velha história que Parmênides conhecia muito bem. O homem sofre limitações na sua capacidade de perceber e conceitualizar. Mas o mundo é colocado dentro do molde das nossas percepções. Eu arrebento o molde, entenderam? E chego no âmago do significado das coisas, livre dos parâmetros de tempo e espaço e das perplexidades neurofisiológicas. Eu arrebento o molde, entendem?"

RELATÓRIO

Confidencial
De: Alceu Figueiredo (Censor)
Para: A.R. Abaeté (Diretor)

Prezado Senhor,

De acordo com o regulamento venho apresentar a V. S.ª meu relatório sobre a peça *Endereços*.

Em 2 de maio do corrente ano, o texto da peça foi submetido, para aprovação, a este setor. Trata-se de um guia telefônico, desses de endereços, do qual havia sido arrancada a primeira página e em seu lugar colocada outra com os dizeres: *"Endereços.* Direção: José Henrique. Uma produção do Teatro Livre."

Mandei chamar o responsável pela produção da peça. Veio o próprio diretor e mantive com ele um diálogo que procurei reproduzir o mais fielmente possível.

Convidei-o gentilmente a sentar-se. Enquanto enrolava os extremos dos seus negros bigodes, perguntou-me se havíamos encontrado no texto alguma impropriedade. Em sua fisionomia nada havia que indicasse ironia ou falta de consideração.

"Senhor José Henrique", disse-lhe, "em vinte anos de censura este foi o texto mais estranho que encontrei."

"Vinte anos de censura. Uma considerável experiência", disse José Henrique.

Ficamos calados algum tempo. Confesso, senhor Diretor, que o teatro atual me perturba muito. Os autores que costumávamos analisar anteriormente, como Albee, Pinter, Le Roi Jones, Simpson, Grass, não ofereciam as dificuldades que os modernos apresentam. O *Mictório* foi censurado por mim, lembro-me bem, em menos de duas horas. Mas *Endereços* já estava comigo havia mais de quinze dias e eu continuava perplexo.

"Não vejo nenhuma fala na sua peça", disse.

"A peça não é minha. Nem a cidade é minha", disse José Henrique, agarrando-me pelo braço e levando-me até a janela. "Vê a cidade lá embaixo? Ruas, pessoas empilhadas morrendo, copulando, fugindo, nascendo, matando, comprando, roubando, vendendo, sonhando."

"Não entendo", disse-lhe com toda a honestidade.

"Imagine um edifício na avenida Nossa Senhora de Copacabana. Ele fala?"

"Não."

"Então é porque o senhor não está imaginando, está apenas vendo. Vendo por fora. Mas a imaginação vê por dentro. Entendeu?"

Tive vontade de responder negativamente, mas apenas pedi-lhe que continuasse.

"Um amigo meu, criminoso, tatuou um coração no braço e dentro escreveu *amor de mãe*. A polícia matou-o a tiros e ele nunca soube que foi vítima do amor de mãe. Entendeu?"

"Continue."

"Um burocrata senta-se numa mesa e escreve uma norma que vai virar decreto. Alguém chegando com o ouvido bem perto de sua boca conseguirá ouvir o ranger dos seus dentes. Entendeu?"

Senhor Diretor, nossa conversa foi toda nesse diapasão. Confesso que não me lembro mais de tudo que foi dito, nem por quê. Um homem estranho, esse senhor José Henrique. Sua peça deverá ter as mesmas obscuridades. Não vejo, todavia, inconvenientes na sua apresentação, desde que limitada a maiores de vinte e um anos.

CRÍTICA

I (trecho)

A luz se acende. O imenso palco está dividido em três níveis. Cada nível está dividido em linhas verticais. Dentro de cada linha acontecem, entre outras, as seguintes coisas: um homem nu espanca uma mulher nua com um chicote de sete tiras, em cujas pontas estão pedaços de metal, enquanto a mulher solta gritos horripilantes; um velho sem dentes, numa velha cozinha, coloca com mãos trêmulas enormes pedaços de goiabada na boca, como se estivesse se matando; um homem gordo, sentado numa privada, lê o Jornal do Brasil, *levanta-se, vira as nádegas para a plateia e limpa o ânus laboriosamente com pedaços do jornal; três jovens bem-vestidas espancam furiosamente com martelos e barras de ferro um homem caído de cujo corpo saem borbotões de sangue. No plano de cima, enquanto isso, um menino fabrica um papagaio ou pipa, com folhas de seda verde e em seguida empina a pipa que se engancha nos fios que saem de um poste, o menino tenta arrancar a pipa, o fio é rompido, bate no chão com uma explosão, e o plano superior fica às escuras; no plano médio, simultaneamente, uma medalha é colocada no peito de um general, uma mitra na cabeça de um bispo, um bebê na mão da mãe do ano, uma caixa de ferramentas é ofertada ao operário-padrão, um protetor escrotal é colocado no atleta do ano etc. etc.*

Este é apenas o prólogo. E os sons? Buzinas, máquinas de escrever, hinos, explosões, batuques, sinos, silvos, campainhas, motores, turbinas, serras, choro de criança, giz no quadro negro, lixa, arrotos, peidos, pratos e vidros quebrados, campainha de telefone, palmas que afinal se mesclam num dos sons mais arrepiantes, aterrorizantes e fascinantes que alguém jamais ouviu.

É possível descrever essa experiência multidimensional. Alguns espectadores desmaiaram, outros fugiram da sala, transidos de pavor. Mas os que ficaram viram abrir-se as portas do inferno e do céu da condição humana, que parecem ser os endereços da própria peça.

II (trecho)

Com dez minutos de peça, um homem que estava na segunda fila saiu do teatro (acompanhado por uma mulher que nervosamente olhava para o chão) aos gritos de "lixo! lixo!". Depois outras pessoas foram saindo dizendo: "este país está perdido", "caso de polícia", "assim também já é demais", "chega de porcaria". Eles podiam estar todos enganados; na história do teatro a renovação foi sempre recebida com ataques e incompreensão. Mas os revoltados espectadores que abandonaram a sala em que era exibida a peça Endereços *(parte de uma absurda trilogia denominada* Guia dos Telefones*) estavam com a razão.*

A peça, ou que nome tenha, é indescritível. Centenas de coisas acontecem ao mesmo tempo. "Ela é multifacetária, como a própria vida", disse outro dia o seu diretor, José Henrique. As facetas estão todas à nossa frente, sob luzes coloridas subitamente alternadas por brancos e negros totais. Resolvi acompanhar uma das facetas, o que não foi coisa fácil, pois um determinado acontecimento (vamos chamá-lo assim) que ocorre, digamos, no extremo esquerdo do palco, pode, sem mais nem menos, ter sua continuação no extremo direito, ou no centro, em cima, ou embaixo etc. etc. Resolvi acompanhar, sabe Deus com que dificuldade, e estávamos apenas no prólogo, o que acontecia com um menino. Esse menino, que tanto podia ser um menino rico grosseiramente disfarçado de pobre, ou um menino pobre grosseiramente disfarçado de rico, senta-se numa mesa que tanto pode ser uma mesa velha ou uma preciosa antiguidade. Sobre a sua cabeça, está escrito, em letras de gás néon de várias cores, apagando e acendendo, cada vez uma letra, depois palavra por palavra, depois a frase inteira — BERNARDO COME MERDA EM CRIANÇA. À sua frente vê-se um urinol dourado (lata, ouro?) de onde o menino com uma colher prateada (prata? metal ordinário?) tira pedaços de fezes (ou marzipã fingindo de fezes?; a pessoa que estava ao meu lado garante que sentiu odor de fezes), que come com o rosto impassível. O homo cacans produtor substituído pelo homo cacans consumidor. Toda a peça é feita de alegorias desse tipo, que podem fascinar a alguns críticos ignorantes (como a maioria dos críticos, aliás) mas não àqueles que sabem separar o bom do mau, independente da forma... ou do cheiro.

IV (trecho)

Endereços *é teatro de palco, teatro de diretor, teatro de ator, quase teatro de texto. Há em todo o espetáculo um gosto de tradição e conformismo. Uma perda de tempo falar sobre o que vimos ontem. Chega de ingenuidade e de falta de imaginação. É por isso que o teatro está morrendo.*
se tipo, que podem fascinar a alguns críticos ignorantes (como a maioria dos críticos, aliás) mas não àqueles que sabem separar o bom do mau, independente da forma... ou do cheiro.

IV (trecho)

Endereços é teatro de palco, teatro de diretor, teatro de ator, quase teatro de texto. Há em todo o espetáculo um gosto de tradição e conformismo. Uma perda de tempo falar sobre o que vimos ontem. Chega de ingenuidade e de falta de imaginação. É por isso que o teatro está morrendo.

ÂMBAR GRIS

Como todos sabem
　o animal mais inteligente
　que existe é o cachalote.
　Ele não vai à lua porque
　apenas quer ser feliz
　e também (confesso) não tem
　o dedo polegar.
　Mas basta ouvir uma só vez
　a Nona de Beethoven,
　ou as obras completas de Lennon &
　McCartney,
　ou o Ulisses,
　ou os Elementos de bibliologia,
　que sua mente computaplexa
　armazena tudo e reproduz nota por
　nota, palavra por
　palavra, a qualquer momento,
　pelo resto da vida.
　"Professor Lilly,
　　V. S.ª que é o maior neurofisiologista

especialista em
physeter macrocephalus,
quem é mais inteligente:
o homem ou o cachalote?"
"O cachalote, evidentemente."
"Professor Lilly,
V. Sª que é outrossim
especialista em
delphinus delphis,
quem é mais inteligente,
o homem ou o golfinho?"
"Empatam. Mas os astutos maneirismos,
truques e tricas do golfinho
levam-me a supor,
que o QI do golfinho
seja um pouco superior.
Permita-me que chame"
— continua o doutor Lilly —
"minha jovem (e linda)
assistente, a doutora
Margaret Howe, que viveu com
um golfinho chamado Peter,
durante dois anos e meio."
"Nossa vida sexual foi um fracasso",
diz a doutora Margaret,
"ele queria,
eu queria.
Peter inclusive estava aprendendo inglês,
mas eu peguei uma pneumonia
no fundo da nossa piscina escura,

e sem mais nem menos,
acabamos."
"De qualquer forma",
diz o doutor Lilly,
"a comunicação interespécies
já é um fato."

MEU INTERLOCUTOR:

diz que o meu filho quer casar com a mulher errada. Diz que ela é uma mulher perspicaz e persuasiva e quando pergunto que mal há em ser-se: sagaz, penetrante, agudo, sutil, discernente e convincente, suasório, aconselhador — responde: "Mas não a mulher do filho da gente, não a mulher do filho da gente."

Com esse tipo de pessoa é melhor não discutir. Finjo limpar a sujeira de uma unha e ficamos em silêncio, por momentos. Sei aonde vamos, esse jogo não é novo. Esta pode ser, porém, a partida final.

"Mas não é só isso", recomeça ele, exibindo um constrangimento inexistente.

"O quê, então?", pergunto, agora mais do que nunca atento à tarefa de limpar as unhas; levo mesmo minha minuciosa mímica ao ponto de chupar estrepitosamente os dentes, como se estivesse a tirar um detrito alimentar de entre dois deles. Isso deve tê-lo encorajado:

"Parece que o passado dela é um tanto obscuro."

"Esclareça esse ponto, por favor", digo, e minha atitude quase comercial parece surpreendê-lo.

"Como?"

"Esclareça, esclareça — torne claro o obscuro."

"Ah!", diz ele, sorrindo como se tivesse descoberto na minha frase uma piada embutida, "bem... olha, ninguém sabe o que ela andou fazendo... ou melhor, sabem..."

Descrevo o meu interlocutor: trata-se de um velho gordo com longos e abundantes cabelos. Parece uma velha gorda, apesar do bigode de fios brancos, que deixou crescer para ficar com cara de homem. A sua voz é forte, de som agradável — ele sempre foi um mestre da palavra: timbre claro, sintaxe perfeita, semântica precisa. Maravilhava todos nós, seus amigos e colegas. Foi ser professor e no fim das aulas os alunos batiam palmas após o sempre presente fecho de ouro eloquente contra o conformismo, ou a ignorância, ou a opressão, ou a velhice: "O Mundo é dos Jovens!", trovejava o velho professor e a casa vinha abaixo.

E, no entanto, nessa mesma época, mantinha a mulher em cárcere privado; e mantém até hoje, já aposentado.

"Você é cinco anos mais velho do que eu, não é?", digo-lhe, pois sei que o irrito, não foi à toa que ele deixou crescer o camuflante bigode.

"Nós somos da mesma turma", responde ele.

"No colégio, sim. Mas você perdeu cinco anos por causa da asma, ou outra doença qualquer."

Ele para e sei a sua alternativa: discutir a idade, ou deixar de lado a minha provocação e voltar ao tema inicial onde quem golpeava era ele.

"Talvez você tenha razão. Mas, voltando a essa... essa jovem com quem o Antônio vai casar, dizem, dizem..."

Ajudo o meu interlocutor: "Que ela é uma puta?"

Vejo a surpresa, a raiva, a frustração no rosto dele. Como uma cobra ao descobrir que o veneno dos seus dentes não é letal, meu interlocutor perde todas as molas do seu bote: arqueja, bota uma das mãos sobre o coração (eu já o tinha visto fazer isso nas suas aulas) e diz: "O homem é um animal cruel."

Eu e ele, o meu interlocutor, nos odiamos. Esse ódio nos acompanhou a vida inteira. Agora estamos aqui, sentados, já velhos, novamente sem coragem de nos estraçalharmos de uma vez. Anos de velhacarias e disse que disse e torpezas e calúnias e lôbregos cochichos injuriosos — é o balanço, até agora.

"Vamos nos estraçalhar de uma vez", proponho. Estou velho, viúvo, e acho que os meus golpes vão ferir mais fundo — ele tem, por exemplo, a mulher em cárcere privado. Insisto, pois, sem grandeza, neste instante final: "Você sempre foi covarde."

"Eu não admito... só porque o seu filho... eu não admito...", diz ele agitando nervosamente as mãos abertas, como um apressado limpador de vidraças.

Vontade de dar-lhe um soco, e depois cuspir-lhe na cara. Mas isso abreviaria, talvez, a prova final. A prova final não é saber se sou mais forte do que ele, isso eu já sei. Não será vantagem, portanto, esbofetear (e cuspir) nesse mísero farrapo. Pelo menos já. Além de tudo, não creio que a violência física lhe fizesse mal.

"Um dia saí pela rua para apanhar uma mulher. Aí surgiu essa mulher alta. Eu gosto de mulher alta."

Meu interlocutor se encolhe na cadeira. Debaixo do ódio e do asco de sua cara quase consigo ver o seu cérebro trabalhando. Ele não viera para o encontro final, viera apenas para uma escaramuça envolvendo a mulher que vai casar com o meu filho, e eu lhe digo: é aqui, e agora! Repito:

"Eu gosto de mulher alta. Você gosta de mulher alta?", e como ele ameaça dizer alguma coisa eu me antecipo, "depois... depois você responde. Era uma mulher alta, que a princípio pensei que tivesse sido, em outros tempos, ainda que não muito distantes, louçã e firme. Foi na rua: eu olhei para ela, nos olhos dela senti a resposta, me aproximei e vi que ela estava à minha disposição. Foi assim que começou um caso estranho de amor e perversão que você certamente está ansioso por ouvir."

Meu interlocutor dá um enorme salto para a frente. Um salto surpreendente, confesso, que lhe deve ter custado muito. Ele sempre foi frágil, de fôlego fraco, flébil e flácido — é assim que me lembro dele no colégio. Ainda no alto do seu salto — que é dirigido contra mim — ele muda de ideia e, já no chão, depois de balançar suas gastas papadas, começa a correr em direção à porta. Foge, o sacripanta.

Corro atrás dele. Chegamos juntos à porta, que bloqueio com o meu corpo, tranco, colocando em seguida a chave no bolso.

"Você vai me ouvir", digo-lhe.

Ele coloca as mãos espalmadas sobre os ouvidos e começa a recitar em altas vozes um aranzel incompreensível, cujo objetivo é, evidentemente, impedir que minha voz seja por ele próprio ouvida com clareza.

Dou-lhe um golpe de mão aberta na nuca, como se faz com os coelhos. Por falta de prática o golpe não o afeta como eu esperava. Ele sai a correr pela sala, jogando ao chão o telefone. Corro atrás dele (que mantém as mãos sobre os ouvidos) gritando: "Você vai me ouvir, você vai me ouvir!" Depois de um soco na cabeça, também sem maiores resultados, ele se refugia no meu quarto, deita-se na cama de bruços, todo encolhido, as mãos sobre os ouvidos, o rosto entre os cotovelos — um gato escondido com o rabo de fora.

"Você vai me ouvir!", berro junto do seu ouvido, meus lábios roçando sua suada mão rechonchuda. Ele reinicia a sua arenga, também em altos brados — mas nenhum dos sons que ele emite pode ser identificado como uma palavra da nossa língua, ou da de algum outro povo civilizado.

Apanho uma corda. Primeiro dou um nó num dos pulsos dele; depois puxo este mesmo pulso para trás das suas costas, deslocando o seu braço até que doa; assim consigo a entrega do outro braço, que segue o caminho do primeiro. Amarro ambos, fortemente.

Estamos cansados. Já não somos crianças. Mas ele consegue manter sem intermissão, ainda que com voz arfante, o ritmo da sua declamação esotérica. Mesmo assim começo a dizer:

"Ela não teve viço jamais, desde mocinha o seu tecido já era decomposto: a corrupção era uma marca de fábrica que a havia atingido por inteiro e por igual. A carne das pernas dela — você sabe como eu gosto de pernas, não?, aliás você —"

Ele grita tão forte que eu também tenho que gritar para ser ouvido. Dueto, assim, não é possível. Urge amordaçá-lo. Tenho pressa. Tento rasgar o lençol da cama sem sucesso. Apanho várias gravatas no armário. Em outras circunstâncias seria um ato de dissipação, o desperdício de gravatas de tão fino padrão, mas agora, a essa altura dos acontecimentos, isso importa muito pouco.

Procuro enfiar uma das gravatas em sua boca. Não é fácil, essa manobra; ele recusa-se a abrir a boca, preciso aplicar-lhe um beliscão nas bochechas; ele morde minha mão (nunca teve caráter, o biltre); a gravata não entra toda, sobra um pedaço, onde se lê — *feita à mão* — *seda pura;* isso tudo, evidentemente, aumenta minha ira:

"A carne das pernas dela", vou dizendo com raiva, enquanto amarro, com força, duas outras gravatas, também de seda pura, sobre sua boca, "a carne das pernas dela perdera a integridade, a unidade, tinha cores, e tecidos, diferentes, como se pedaços de carne de origem vária tivessem sido amontoados e montados em forma de perna, qual um quebra-cabeça; manchas escuras espalhavam-se pelos seus membros inferiores, talvez marcas de pontapés. Contudo a perna se mantinha com forma de perna, da mesma maneira que uma linguiça se mantém em forma de linguiça, apesar da descontinuidade e da autonomia das carnes que a recheiam. O que fazia isso acontecer, isso de a perna de mil carnes espúrias manter, como abelhas voando, a sua formação? Não era tripa de porco envolvendo-a, a pele era fina; nem era mocidade, que é o que gruda a carne no osso como cimento no tijolo, pois mocidade ela não tinha. O que era?, o que era?, o que era?"

Grito com a maior ferocidade: "O que era? O QUE ERA?" Impossibilitado de fechar os ouvidos, o meu interlocutor fecha os olhos. Com a mordaça escondendo os seus bigodes ele se parece, mais do que nunca, com uma mulher velha.

"Está me ouvindo, velha fofoqueira? Ouça bem, que isto lhe interessa. Essa dona alta e podre não se desintegrava, como um miasma incorpóreo ao vento, porque tinha uma coisa, um poder agregador. Ao vê-la, aprendi logo isto: entre o nascimento e a morte só o amor, o amor de orgasmos e órgãos, existe. Somente ela poderia me dar essa verdade. Aproximei-me e vi que ela estava me esperando — escura, gasta, corrompida, obscena. Meu corpo tremeu num frenesi. 'Vem', disse eu. 'Vou apanhar minhas coisas', respondeu ela. Fomos juntos. As roupas dela cabiam numa mala; o resto veio nas mãos: um gato siamês, e um caleidoscópio. Fomos para minha casa. Ela colocou um robe vermelho, comprido, arrastando pelo chão. E riu, pela primeira vez. Seus dentes eram brancos, e puros, saudáveis, como sua língua cor-de-rosa, que ela estendeu para mim numa saudação. Ah! as olheiras do seu rosto, a sua maceração, seus olhos amarelos clorentos — fomos direto para o quarto, lambi os seus pés, dedo por dedo, sola, tornozelo, ela lambeu o meu joelho gelando o tutano da minha espinha depois me envolveu como se fosse um lodo — prensa — peste — poço negro — morte: era um amor de perdição."

O meu interlocutor cessa de se debater, de gemer. Mantém os olhos fechados, finge que dorme, mas uma gota de suor frio desce de sua testa e escorrega pelas suas bochechas: dissimula, como os ratos e certos insetos.

Fraco, esmagável por um salto de sapato; uma coisa menor e pobre, miserável. "Eu não sabia que ela era sua mulher", digo. Logo me arrependo, surpreso comigo mesmo; ele também se surpreende e me olha com desconfiança. Pena dele? Ele é rico, tem muito dinheiro. (Foi ser professor para limpar a origem rasteira do dinheiro que herdou do seu pai.) E ela não voltou para ele? Hum!? Imediatamente ele a colocara em cárcere privado. Ninguém a via, nem os amigos. Aí começou a minha própria sordidez. Dei um telefonema anônimo para a polícia dizendo que o professor fulano mantinha a própria esposa em cárcere privado. O policial investigou — os vizinhos não a viam, nem os fornecedores etc. O policial foi lá: dizem etc. O professor ficou chocado — minha mulher? Ora, senhor investigador etc. A mulher apareceu, negou, disse que não saía de casa porque o sol fazia mal a ela. E a chuva, acrescentou o professor. O investigador foi a última pessoa que a viu. Mas ela existiu estes longos anos todos! Come e bebe, e usa cremes no corpo, e perfumes e roupas; lê livros; vê caleidoscópios. Estes longos anos tantos! Rearticulei a amizade com o marido para ter sua presença vicária e nem isso consegui. Procurei uma brecha inutilmente. Ele sabia de tudo? Eu sei que ela me ama e o amor não acaba assim de repente. Por que me deixou e voltou para o seu marido impotente? Ela já estará muito, muito velha? Como será a velhice da minha querida? Uma velha hetaira na decadência de Bizâncio. Quero vê-la, o tempo e a vida fogem.

"Quero vê-la", peço ao meu interlocutor.

Ele balança negativamente a cabeça, apavorado.

"Por favor, é a mim que ela ama, você deve saber disso."

Ele tenta dizer alguma coisa, sons roucos que soam como um aflito pedido.

Eu me ajoelho aos seus pés.

"Por favor. Eu a amo. Me perdoe."

Ele continua a balançar a cabeça, triste, a grunhir desesperado.

Bato na sua cara com a mão aberta; chuto seus culhões inúteis; cuspo nos seus olhos; esmurro suas orelhas, jogo-o no chão e piso sua cara. Espanco-o durante um longo tempo.

Ele me olha, enquanto lágrimas brotam dos seus olhos, molhando a mordaça. *Ele me olha satisfeito!*

(Quem chora não está destruído?) Cada vez ele chora mais, as lágrimas borbulham dos seus olhos felizes. O seu corpo começa a tremer fortemente; ele gargalha e chora por trás da mordaça.

Isto me deixa muito inquieto, sem outro caminho, a não ser esse, que ele mesmo exigiu. Apanho a faca da cozinha. Uma faca longa, cuja lâmina, de tanto uso, tem, no centro, uma acentuada reentrância. Verifico a agudeza do seu fio, passando sobre ele, levemente, o polegar da minha mão direita. Mas o que importa é a ponta: fina e fria.

Num golpe rápido e preciso varo o seu triunfante coração.

Tiro as chaves do seu bolso, ligeiro.

Ela terá uma surpresa, quando me vir surgir no meio das fantasias simétricas do seu caleidoscópio.

O ENCONTRO E O CONFRONTO

Roberto abre a porta.
"Você que é o Roberto?" Duas jovens.
"Sou."
"E o seu primo?"
"Ainda não chegou."
Altas, elaboradamente vestidas, pintadas e penteadas.
"Posso telefonar?"
"À vontade. Vocês querem tomar alguma coisa? Uísque, cerveja..."
"Uísque."
"Qual de vocês duas é a Renata?"
"Eu" (ao telefone).
"Meu nome é Kátia" (a outra).
Roberto abre uma porta e surge uma quitinete; prepara as bebidas.
"O seu primo vem?", pergunta Kátia.
"Vem, vem", diz Roberto. "Quantos anos você tem?"
"Vinte", diz Renata.
"Eu tenho vinte e dois", diz Kátia.
Os três bebem em silêncio.
"Você está triste?"
"Eu? Não, não", responde Roberto.

"Você está tão calado..."

"Eu sou assim mesmo..."

"A Rutinha diz que você fala tanto..."

"Que Rutinha?".

"A Ruth, Jacqueline —"

"Ah!"

Roberto coça a sobrancelha.

"Hoje é dia do meu aniversário", diz Renata.

"Meus parabéns", diz Roberto, beijando Renata no rosto. "Você é noiva?"

Renata tira a aliança do dedo. "Sou mesmo. Olha." Dá a aliança para Roberto, mostrando o nome gravado na parte interna. Roberto olha, sem conseguir ler o que está escrito.

Renata abre a bolsa. "Este aqui é o meu noivo." Um retrato três por quatro. Um rosto. No verso, letra redonda: "para Renata, meu amor, com carinho J. Gomes."

"Esta aqui é a senhora minha mãe." Outra fotografia três por quatro. Uma mulher gorda; um pescoço imensamente grosso.

"E este é o meu finado pai." Uma fotografia maior. Seis por nove. Um homem calvo, de rosto fino, e três meninas. O homem está acocorado, de perfil, duas meninas estão brincando com uma boneca e a terceira está olhando para a câmera. "Esta aqui sou eu", diz Renata apontando para a menina que não está brincando.

"Muito bem", diz Roberto devolvendo as fotografias para Renata.

Chega Chico.

"Este é o Chico", diz Roberto.

"Com licença, minhas queridas", diz Chico.

Roberto e Chico se trancam no banheiro.

"Com qual você quer ficar?", pergunta Chico.

"Eu quero ficar com a morena", diz Roberto. "Estou fascinado por ela. Ela tem uma perna roliça de americana dos *roaring twenties*. Parece que a qualquer momento vai dançar o charleston."

"Está bem. Você fica com a morena."

"Ela me mostrou três retratos e disse esta é a senhora minha mãe, este é meu finado pai, este é o meu noivo. E o nome dele é J. Gomes."

"Se ela chamasse o pai de meu pranteado pai ainda era melhor."

"Eu falo com ela."

"Você acha que a outra, a loura suculenta, gostou de mim?" (Uma ruga na testa de Chico.)

"Gostou."

"Não sei..."

"Você quer trocar?"

"Não, não precisa."

"Ela é grande mas é enxuta. O que importa são os quarenta centímetros que vão — na frente: da ponta da costela ao púbis; e atrás: da beira dos dois hemisférios do bumbum até a sexta vértebra. Aí é que não pode haver gordura. Abaixo a gordura!"

"O que que vocês estão fazendo aí dentro?", grita Kátia.

"Conversando", diz Roberto.

"Abraçadinhos?", pergunta Renata.

"Não." Chico abre a porta.

"Um brinde ao *blind date*", diz Roberto.

Todos bebem.

"À saúde de J. Gomes", diz Roberto.

Todos bebem.

"Você é muito bonzinho", diz Renata.

Roberto e Renata se abraçam. Beijam-se na boca.

"Vocês moram aqui?", pergunta Kátia.

"Isto é o nosso Valhala", diz Chico.

"Benzinho, eu tenho que ir embora às oito horas... outro dia fico mais tempo com você...", diz Renata no ouvido de Roberto.

"OK", diz Roberto.

" ... faço jantar para você."

"Falar segredinho é falta de educação", diz Kátia.

"... gamei por você", continua Renata.

"Vou tomar banho. Você quer tomar banho comigo?", pergunta Roberto.

"Você tem touca?", pergunta Renata.

Roberto apresenta duas, de plástico. Renata coloca uma na cabeça.

No chuveiro: "Você disse meu finado pai. Ele morreu há muito tempo?".

"Eu tinha dez anos."

Renata ensaboa Roberto.

"Eu saí a ele. Mamãe é muito feia."

"Eu vi o retrato. Você chorou muito quando o seu pai morreu?"

"Chorei. Acho que chorei."

"Então por que você não chama ele de pranteado?"

"Pranteado?"

"Pranteado pai."

"Não sei."

"Pranteado é muito mais bonito que finado."

"Você acha?"

"Acho. Vamos, diga — pranteado pai, meu pranteado pai."

"Que bobagem..."

"Bobagem? A morte do seu pai é bobagem? Vamos: pran-te-ado pai."

"Pranteado pai..."

"Meu pranteado pai."

"Meu pranteado pai."

"Viu? Não é mais bonito? E mais culto. Pranteado é uma palavra muito mais sofisticada que finado."

Renata enxuga Roberto.

"Se você chegar na sala e disser, 'Chico, já te mostrei o retrato do meu pranteado pai?', ele vai adorar."

"Assim? Não é melhor eu me enrolar numa toalha?"

"Só a parte de baixo. Faz de conta que nós estamos em Samoa."

Renata enrola na cintura uma toalha de listras azuis, vermelhas, brancas e verdes.

No *sommier* da sala Chico e Kátia estão de mãos dadas.

"Chico, já te mostrei o retrato do meu pranteado pai?", pergunta Renata.

"Meu bichinho de Deus, o mundo é um vale de lágrimas", diz Chico.

"O que você faz?", pergunta Kátia.

"Sou um dublê de entomólogo e telepata", diz Chico.

"Benzinho...", diz Renata.

"Eu vou para o quarto. Você fica aqui, OK?", pergunta Roberto.

"Fico", responde Chico.

O quarto é separado da sala por uma porta de vidro fosco.

Roberto e Renata entram no quarto, fecham a porta e apagam a luz.

Na sala: "Qual de nós dois é o mais velho?", pergunta Chico a Kátia.

"Não sei..."

"Vamos, diga! Eu ou ele?"

"Você?"

"É ele, minha cara. Ele!"

"Vocês parecem da mesma idade."

"Hei, vocês aí dentro. Vocês estão fornicando no escuro, em silêncio, como dois coveiros?", grita Chico.

"O que é bom para o Henry é bom para nós", responde Roberto.

"*Touché!*", grita Chico. "*Touché!*, viu?, *touché*, clichê, michê."

Kátia tira a roupa.

"*La chair est triste, hélas, et j'ai lu tous les livres*", diz Chico.

"O que foi que você disse?"

"O meu epitáfio. O que seria o meu epitáfio, se o Mallarmé não tivesse escrito essa merda antes. Também o cara nasceu cem anos na frente. Você não sabe francês não, sua analfabeta?"

"Me ensina", diz Kátia se debruçando sobre o corpo nu de Chico.

Ouve-se a respiração de Renata e Roberto.

Kátia: gemidos, suspiros, gritos.

Tempo.

Chico: "Roberto! Você já acabou?".

"Benzinho, você é o máximo. Te adorei. Quero te encontrar de novo", sussurra Renata no ouvido de Roberto.

Roberto e Renata vão para o banheiro.

Renata: "Promete que me vê de novo."

Roberto: "Prometo que te vejo de novo."

"Quando?"

"Qualquer dia destes."

"Esta semana?"

"Talvez."

"Você me telefona?"

"Telefono."

"Quando?"

"Qualquer dia destes."

"Eu te amo. Estou gamada."

"E vice-versa."

"Diz que gosta de mim."

"Eu já disse: e vice-versa quer dizer que eu te amo."

"Não quero que você me dê dinheiro."

"Da próxima vez. Hoje eu dou."

"Da próxima vez você dá. Hoje não."

"Hoje sim. Da próxima vez não. Pode não haver próxima vez."

"Benzinho... por favor..."

Renata se enrosca em Roberto.

Chico e Kátia entram no banheiro.

"Laocoonte sendo destruído pela serpente", diz Chico. "Você precisa parar com o halterofilismo, meu caro. Você está ficando com a grossura do Doríforo de Policleto."

"Teu cotovelo está machucando a minha costela", diz Roberto.

Renata larga Roberto.

"A fossa de Mindanau tem dez mil, quatrocentos e noventa e sete metros de profundidade. E no fundo a escuridão é tão grande que os peixes são cegos. A cegueira também é um remédio. *Et tout le reste est littérature.*"

"*Words, words, words*", diz Roberto.

"Você sabe inglês, minha vênus calipígia? *If I should die, said I to myself, I have left no immortal work behind me — nothing to make my friends proud of my memory — but I have loved the principle of beauty in all things, and if I had time I would have made myself remembered.*"

"Que coisa bonita. Não entendi nada mas achei bonito."

"*Pauperum spiriti est regnum coelorum*", diz Chico.

"Traduz", diz Kátia.

"A inocência triunfa no paraíso. Mas no inferno o que vale é a experiência. Está na Bíblia."

"Eu faço ioga", diz Kátia.

"É mesmo?"

"Eu fico igual a uma cobra. Minha casa é toda lilás. Lilás traz bons fluidos para dentro de casa. É a cor da vida. Deixe na sua mesa um raminho de flor lilás."

"Qualquer flor? Existe flor lilás?"

"Orquídeas. A minha é artificial. Você dorme bem?"

"Mal."

"Concentra no lilás."

"Vocês podem se vestir", diz Roberto.

Roberto e Chico enrolam toalhas em torno da cintura.

Kátia e Renata colocam as calças, as ligas, prendem as meias nas ligas. Roberto e Chico dançam como se fossem havaianos.

Kátia e Renata estão vestidas.

Chico põe dinheiro, em notas dobradas, dentro da bolsa de cada uma.

"Qual é o teu nome verdadeiro?", pergunta Chico.

"Isilda", responde Kátia.

Renata abraça Roberto: "Você jurou, daquela tua maneira maluquinha vice-versa, mas jurou que ia me ver."

Roberto dá um beijo na testa de Renata.

Chico beija as mãos de Kátia.

Roberto e Chico estão sós. Chico senta-se no sofá, pernas esticadas numa cadeira. Roberto senta-se na poltrona.

Tempo.

"É uma pena nós não sermos homossexuais. Essas putas não sabem entender o nosso *wit*."

UM DIA NA VIDA

1. Fermento Royal marcha à frente do esquadrão. Todos carregam as selas e respectivas mantas sob o braço esquerdo: na mão direita as rédeas e a cabeçada. O suor escureceu os uniformes verdes. Rostos pálidos de cansaço.
"Alto! Cavalaria é arma pra macho." Silêncio.
"Descansar!" Fermento Royal bate com o rebenque na bota. "Não queremos filhinhos da mamãe aqui. Nem filhinhos do papai. No Exército todos são iguais. Quem não tem culhão para ser oficial de cavalaria que dê um passo à frente! Será transferido para a intendência, a infantaria ou o raio que o parta."
Silêncio.
"Então?!", grita Fermento Royal.
Dois dão um passo à frente. Ninguém mais se lembra dos nomes deles.

2. "Papai é banqueiro. Mamãe está em todas as sociedades filantrópicas. Uma família de burgueses. Nunca ouvi um puta que pariu lá dentro de casa. Então me apaixonei por essa garota, que era a garota mais bonita do mundo: corpo perfeito, boa

saúde. Mas servia cafezinho num desses barzinhos da cidade, o pai era cozinheiro da Marinha e ela era preta. Em pouco tempo eu estava comendo a garota. Diariamente. No fim de três meses me deu vontade de sair com ela, ir ao cinema. Mas não fui. Me deu vontade de passear de braço com ela na rua, ir às festas com ela. Mas não fui. Fiquei com vontade de levá-la à minha casa. Mas não levei. Era medo de enfrentar minha família, as mijonas branquelas da minha turma, os amigos. Pensei em pedir dinheiro ao meu pai e ir para Paris com a minha negrinha, entrar de braço com ela no Crillon, passear no Champs Elysées. Não pedi. Larguei a garota. Fugi da mulher que eu mais amei em toda a minha vida. Ela me mandou uma porção de cartas, mal escritas, era analfabeta. Sou um covarde, me cospe na cara."

3. Professor enche a boca e dá uma cusparada na cara de Lulu. "Porra, que negócio é esse?", grita Lulu. "Você não mandou cuspir?", pergunta Professor calmamente. "Você não tem imaginação? Eu estou representando uma situação de extrema autocrítica, tudo simbólico, porra. É como se eu chamasse você de filho da puta. Isso não quer dizer que sua mãe seja puta." "Vou ensinar para vocês um golpe de caratê", diz Professor. Vum! Lulu cai ao chão.

4. Papai Noel pelo sorteio ficou sendo um dos condutores de cargueiro do esquadrão. O esquadrão iniciou a marcha às três horas da madrugada. São onze horas da manhã. Durante todo esse tempo o cavalo que Papai Noel monta não parou de dar coices no cargueiro. O cavalo cargueiro carrega uma cangalha com caixas de balas e uma metralhadora Madsen. Papai Noel carrega, nas suas costas ou nas costas do cavalo que monta, uma barraca

verde, com os respectivos paus e cordas; um capote de lã, um capacete de aço, uma mochila, com cantil, o equipamento Mills, um fuzil Mauser 1908, uma espada.

Papai Noel não pode fumar um cigarro ou chupar uma laranja. Com a mão esquerda conduz o seu cavalo; com a direita conduz o cargueiro. (Ele também carrega nas costas uma saca com laranjas e uma galinha assada que a sua mãe fez.)

5. No meio do picadeiro, Fermento Royal comanda: "Galope!" Os cavalos começam a galopar em círculo. "Abandonar estribos!" Os cavaleiros tensos aguardam os outros comandos. "Cruzar loros!" Os estribos são cruzados sobre o lombo dos cavalos. As pernas dos cavaleiros esticam-se sem o apoio dos estribos. "Dar nó nas rédeas!", grita Fermento Royal, do centro do picadeiro, montado em seu cavalo negro. O nó nas rédeas é dado bem sobre o pescoço do cavalo para que a rédea não fique frouxa e o cavalo não se descontrole. O guia, o único cavaleiro que dirige a sua montaria, aumenta a velocidade do galope. Os outros cavalos seguem-no em fila. "Terra cavalo!", grita Fermento Royal. O primeiro cavaleiro é Professor. Com as duas mãos agarradas no cepilho, Professor passa a perna direita pela anca do seu cavalo e pula de pés juntos na terra do picadeiro, na mesma linha e no mesmo instante em que as patas dianteiras da sua montaria atingem também o chão; aproveitando o arranco do galope, Professor dá um impulso e volta a se enganchar na sela. Duração do volteio: três segundos e cinco décimos. "Outro!", comanda Fermento Royal.

Cobre-Mira faz o terra cavalo perfeito. "Outro": Lulu. "Outro": Mil e Cem. "Outro!" É a vez de Casemiro. Casemiro cavalga, as mãos agarradas no cepilho. "Casemiro!", grita Fermento Royal.

"Não sei fazer isso, tenente." "Terra cavalo!", berra Fermento Royal, punho cerrado no alto, segurando o rebenque. Casemiro de olho esbugalhado. Fermento Royal sai do meio do picadeiro, emparelha o seu cavalo com o de Casemiro. Fermento Royal galopa elegante e ereto como se ele e o cavalo fossem um único e perfeito animal. "Eu disse terra cavalo!", diz Fermento Royal: todos juram, depois, que ouviram os dentes dele rangendo. "Não sei, tenente!" Com um imperceptível movimento das rédeas seguras na mão esquerda, Fermento Royal faz sua montaria voltar ao centro do picadeiro. "Casemiro! Te atira de cara no chão!", grita Fermento Royal. Casemiro olha os seus companheiros, mas nenhum rosto tem expressão humana: Casemiro está sozinho. Chruá, chruá, resfolegam os cavalos. "Te atira no chão!" Apenas Fermento Royal está com ele. Casemiro agarra o cepilho com mais força, pula no chão, pés separados, sem sincronia com o cavalo; seu corpo é projetado para a frente com velocidade, bate no chão e rola algumas vezes. "Outro", diz Fermento Royal.

6. "Fermento Royal com a ponta do rebenque tocou os meus cabelos logo abaixo do bibico verde que eu usava. 'Você é puta? É poeta? É pintor?' 'Não senhor', respondi. 'Então vai cortar esses cabelos. Você está no Exército, agora.' Foi minha primeira covardia. Devia ter dito, sou poeta, EU SOU POETA. Mas sou o Mil e Cem, um número. As outras covardias: diariamente, na penumbra da madrugada, ao marchar para as baias: alto! esquerda, volver!: eu e o cavalo frente a frente. Este de hoje se recusa a receber o freio. É um zaino, de focinho grande. Como teria sido domado? Se acostumando lentamente ao homem: um potrinho escovado diariamente, antes da desmama, levado gentilmente pelo cabresto e depois pelo freio e em pelo, e depois os arreios, e

depois montado e conduzido por outro cavalo? Ou teria sido domado ainda xucro por um peão apressado, sua resistência violentamente quebrada, com ódio e desespero do homem e do animal? Tendo antes sido castrado. Enfio com força o polegar no canto da sua boca. Sinto sua saliva, suas gengivas. Ele abre a boca e eu introduzo rapidamente o freio, que bate nos seus dentes. Ele tenta impedir que eu coloque a focinheira, mas eu agarro sua orelha e puxo a sua cabeça para baixo, meto a focinheira, prendo a barbela, a cachaceira. A cabeçada está colocada. Ponho a manta no seu dorso, depois a sela. Aperto bem a cilha, dando antes uma pancada na sua barriga, pode ser que ele a esteja estufando. Com o braço esticado, toco na sobaba da sela, levanto o loro esticado, e verifico se o estribo se aninha no meu sovaco. O loro tem que ter o comprimento do braço do cavaleiro. Os dois loros, da esquerda e da direita, estão curtos. Aumento dois furos. O cavalo está pronto. Eu estou pronto. Não sei o que faremos hoje. *Cross country*? Terra cavalo com transposição e tesoura? Salto de obstáculo com a mão na nuca? Minha boca está seca. Todas as manhãs eu sinto esse medo." Mil e Cem tira o cavalo da baia.

7. "Vocês me chamam de Professor porque são todos ignorantes e analfabetos. Alguém aqui sabe o que faz o camarada ir para a cavalaria? Alguém leu *Da montada e direção dos cavalos*, de um cara chamado Xenofonte? Ontem o Mil e Cem reclamava que aqui tem cavalo e cavaleiro demais. Nós somos trezentos. Mas fiquem sabendo que Frederico Barba-Roxa organizou uma justa com setenta mil cavaleiros. Quem tinha cavalo tinha castelo, salvava mocinha, tinha chance de buscar o Santo Graal, cobrava impostos. Também ganhava guerras: o califa Omar estraçalhou os persas, os egípcios, os sírios, porque tinha uma boa cavalaria. Basílio II, o imperador bizantino, usando cavalos na batalha

de Cimbalongu massacrou tantos búlgaros que passou a ser conhecido como o Bulgaróctono. Cortez tomou conta do México e destruiu o Império asteca com apenas meia dúzia de cavalos. E tem também o Átila. Ele é o melhor exemplo de utilização do cavalo como instrumento de domínio, dos outros e de si próprio. Vejam o Átila: cerca de um metro e meio de altura, uma cabeça enorme de cearense, olhos pequenos, baços, barba rala, cabelos grisalhos, nariz achatado, dentes ruins — esse era o Átila. Imaginem o cara a pé, se ele podia apanhar mulher ou devastar a Gália, invadir a Burgúndia, tomar conta de Trèves, Metz, Reims, ter o papa Leão I, o Grande, ajoelhado pedindo penico pra ele poupar Roma, hein? Mas a cavalo o cara fazia miséria, compensava o seu tamanhinho, sua impotência sexual (a morte da Átila no dia seguinte à noite de núpcias, a sós com Hildegunda, sem o seu cavalo, nunca foi explicada direito), satisfazia todas as suas frustrações e alienações. Os grandes campeões de equitação são pouco mais que anões. Vocês já notaram os velhos e as virgens que saem da Hípica para passear nas margens da Lagoa? Velhos caquéticos cobertos de repelentes pelancas e virgens loucas de olhos vidrados a quem o cavalo dá: 1) a certeza de que venceram ou estão vencendo na vida, ao contrário da maioria da humanidade; 2) a satisfação sexual derivada do balanço do púbis durante a marcha (passo, trote, galope) do animal, cujo calor eles sentem em sua genitália, o velho sonhando estar montando numa fêmea robusta, a virgem sentindo entre as pernas uma massa de músculos e nervos como um gigantesco pênis a compensar, a um só tempo, sua ânsia de amor e seu complexo de castração. Por que é que vocês pensam que antigamente as mulheres só montavam de lado? Montar de lado é a coisa mais difícil do mundo. Era uma maneira de evitar que a mulher tivesse esse tipo de sensação erótica. Mais uma invenção da Igreja."

8. Todos os cavalos deviam ser livres. M. Percivaux, de Toulouse (na verdade, ele é de Castelnaudary, uma vila próxima, de menos de dez mil habitantes), come carne de cavalo uma vez por semana, e tem três cuecas, dois pares de sapatos, um terno, quatro camisas e está se preparando para quando a velhice chegar. Um francês médio.

9. "Só entendem o Exército os soldados, os cabos, os sargentos, os tenentes e os capitães. Os majores começam a virar burocratas. Coronéis e generais fazem coisas que um padre, um vendedor de geladeiras, um amanuense, um médico podem fazer. Mas um capitão é um capitão e um sargento é um sargento."

10. Aerofagia é uma condição caracterizada pela excessiva deglutição de ar, consciente ou inconsciente. É comum em homens e cavalos neuróticos. Cocar é um tordilho feio que engole ar enquanto pressiona o pescoço sobre a parte superior da porta da baia. Para impedir que isto aconteça, Cocar é preso por uma corda dentro da pequena baia. Às vezes ele tenta se soltar. Mas, na maior parte do tempo, Cocar aceita sua prisão resignadamente.

11. "Eu agora estou no Exército. Caxias era um grande sujeito. O tenente disse que fumar faz mal, e tocar punheta também. 'Olha', disse ele na tarde do dia em que me atirei de cara no chão, 'um cavaleiro não pode passar sem mulher, mas é preciso tomar cuidado, noventa por cento das mulheres que existem no mundo estão engalicadas.' Estou metido num colete de gesso, quebrei duas costelas. Cavalaria é arma de macho."

CORRENTE

Após meses de sofrimento e solidão chega o correio:

    esta corrente veio da Venezuela escrita por Salomão Fuais para correr mundo
    faça vinte e quatro cópias e mande a amigos em lugares distantes:
    antes de nove dias terá surpresa, graças a santo Antônio. Tem vinte e quatro cópias, mas não tem amigos distantes.
    José Edouard, Exército venezuelano, esqueceu de distribuir cópias
    perdeu o emprego.
    Lupin Gobery incendiou cópia, casa pegou fogo,
    metade da família morreu.

    Mandar então a amigos em lugares próximos.
    Também não tem amigos em lugares próximos.

    Fecha a casa.
    Deitado na cama, espera surpresa.

A MATÉRIA DO SONHO

Começando do princípio: li o anúncio no jornal e quem me abriu a porta foi dona Julieta. O seu Alberto estava na cama e ela disse: olha, você tem que dar banho nele, mudar-lhe a roupa, dar-lhe comida, colocá-lo na cadeira de rodas e passear. Da cama o seu Alberto sorriu para mim, um velhinho muito magro de olhos azuis. O trabalho não era fácil, seu Alberto fazia cocô na roupa e xixi na cama. Era magrinho mas dar banho nele custava muito. E também carregá-lo do quarto pra sala e da sala pro quarto. Dona Julieta ajudava, e a comida que ela fazia era a coisa mais gostosa do mundo. À noite nós víamos televisão ou então ela me mandava ler. Precisas ler, apanha lá um dos livros do meu filho. Em pouco tempo eu deixei de ver televisão, só lia. O doutor R. era o filho deles. Ele aparecia pouco e a dona Julieta vivia reclamando, ele nunca vem ver o pai. O doutor R. era um homem magro e calvo. Muito. Eu queria ser ele, mas não tão magro nem tão careca. Queria ser filho dos dois velhinhos. Doutor R., qual o melhor livro, perguntei um dia, *Crime e castigo* ou *Fausta vencida?* Ele gostava mais de *Crime e castigo* mas a *Fausta vencida* era a sua infância. Mas também está certo gostar mais de *Fausta*, como você. Li: *Guerra e paz, O príncipe e o mendigo, O monge de Cister,*

Winnetou, Pardaillan, A vingança do judeu, Scaramouche, Pimpinela Escarlate, Buridan, Os três mosqueteiros, O homem invisível, Drácula, Crime e castigo, Fausta, Fausta vencida, Eu Claudius, o Conde Belisarius, A montanha mágica, Os Thibault, Como jogar basquete, O lobo da estepe, Tarzan, o rei das selvas, Os homens de borracha, As mulheres de bronze, O processo, Eurico, o presbítero. A maioria dos livros era muito antiga, com datas de mais de vinte ou trinta anos. Mas havia alguns novos. Trabalhei dois anos na casa de dona Julieta. Li centenas de livros. Um dia o doutor R. abriu a porta do banheiro quando eu estava lá dentro. Dona Julieta e seu Alberto estavam dormindo. Era de tarde, o doutor R. nunca aparecia àquela hora. Eu me tranquei dentro do banheiro. Muito tempo depois dona Julieta bateu na porta e eu perguntei o doutor está aí, e ela disse: o doutor não veio hoje. Saí do banheiro e pedi minhas contas. Dona Julieta chorou. Seu Alberto também. Eu também. Não estás feliz aqui?, perguntou dona Julieta. Limpei minhas lágrimas e fui-me embora. Agora é que surge Gretchen. Ou melhor, daqui a pouco. Arranjei uma vaga na rua do Catete, acho que não quis ir para muito longe dos velhos. Todo dia eu ia pra frente do apartamento deles, do outro lado da rua. Ficava sentado no paredão do parque infantil, olhando a porta do edifício. No quinto dia o seu Alberto apareceu empurrado por um mulatinho. Ele usava o meu paletó e fumava. Eu fiquei vigiando ele de longe, mas a não ser fumar ele não fez nenhuma outra bobagem. Deu uma volta e depois entrou com o seu Alberto. Eu fiquei ali. De tarde ele saiu, sem o paletó branco. Veio pro parque e jogou bola com uns garotos, uma meia hora mais ou menos. Depois voltou para o edifício. Eu continuei ali. Sete horas da noite ele saiu. Eu continuei ali. Quando chegou meia-noite eu vi que ele não vinha mais. Dona Julieta ainda não confiava nele. Comigo tinha acontecido o mesmo. Então voltei para a casa onde estava. Éramos quatro num quarto, todos roncavam e não me deixaram dormir a noite toda. Nove horas da manhã o mulatinho saiu com o seu Alberto. À tarde os garotos não estavam jogando bola. Eu cheguei perto dele e disse, hoje não tem bola, os garotos não vieram. Ele disse, mas eu também não tenho muito tempo para jogar, arranjei um emprego com uns velhinhos e não quero que eles se chateiem comigo. É um velhinho e uma velhinha, gosto mais deles do que do meu pai. Como é que pode?, eu perguntei. Sei lá, ele respondeu. Gostar de alguém, mais do que dos pais, eu disse irritado, como é que pode? Ele disse, você não conhece os velhinhos, nem o meu pai. O mulatinho tinha um olho cego, devia ter sido furado em criança. Vai ver o pai furou o olho dele. Ele também parecia um pouco veado. Não fui mais pra frente do apartamento, os velhos estavam bem entregues. Passei a ficar o dia inteiro deitado, em pé eu ficava tonto. Foi quando o doutor R. apareceu. Eu quis me levantar da cama mas caí no chão. Mal pude falar. Ele me colocou na cama e saiu. Voltou depois de um minuto. Sentou na cama. Você não devia ter saído da casa dos meus pais, ele disse. O motorista dele chegou com uma enorme bandeja. Há quantos dias você não come? Quatro, cinco? Então toma primeiro um copo de leite. Acendeu um charuto. Me mandou comer o resto. Comi: bife, ovo, batata frita, pão, pudim. Agora vamos conversar, você estava se masturbando dentro do banheiro e ficou preocupado porque eu vi. Já teve relações sexuais com uma mulher? Para o doutor R. dava uma vontade de contar tudo. Quando era garotinho eu comia galinhas. As galinhas eram quentinhas, eu gozava. Depois cresci e passei a comer bichos maiores; cabras e éguas. Qual a melhor? A galinha ou a cabra?, perguntou o doutor R. da mesma maneira que eu perguntei qual era melhor *Crime e castigo* ou *Fausta vencida*. A cabra, respondi. Isso é muito comum entre os pastores na Arábia, comer cabras. O Lawrence conta isso. Você leu *Os sete pilares?* Eu não tinha lido *Os sete pilares. Os sete pilares da sabedoria.* Lá em casa tinha, disse o doutor R. Aquilo aumentou a minha tristeza. Você frequentou o colégio? Não senhor. Aprendi a ler e a escrever, mas só sei multiplicar até o número oito. Quando foi que você começou a se masturbar? Foi quando vim para o Rio de Janeiro. Você já teve relações sexuais com uma mulher? Não quero não senhor, eu respondi. Ele me olhou com aquele olho cheio de olheiras e disse: você está falando a verdade. Você está falando a verdade, repetiu o doutor R. após meditar. Depois ele andou pelo quarto e disse, primeiro, você vai trabalhar no meu escritório, segundo, quando voltar de viagem vou trazer Gretchen. Agora, toma, compra uma roupa e me procura amanhã neste endereço: os seus problemas estão resolvidos. A sala do doutor R. era coberta por um tapete vermelho e estava sempre gelado lá dentro, no inverno ou no verão. A secretária dele era uma mulher loura que mudava de vestido todo dia. Até o dia da viagem eu vi o doutor R. poucas vezes. Entrei duas ou três vezes na sala dele, e ele estava sentado à sua mesa, olhando pensativo pra janela. Isso, mais tarde, aconteceu sempre. Da janela via-se um pedaço do céu e um pedaço do morro de Santa Teresa. Vai na casa dos meus pais e diz que eu fui viajar. Fui. O mulatinho abriu a porta. O nome dele era Ivo. Vais ficar para almoçar, disse dona Julieta. Ajudei o Ivo a vestir o seu Alberto. Então estás trabalhando com o meu filho? Olha, vê se faz ele comer um pouco mais. Eu prometi, mas não tinha coragem de chegar e dizer, doutor, vê se come um pouco mais, ou, doutor, sua mãe mandou o senhor comer um pouco mais, o senhor anda muito magro. Mas prometi. O Ivo é tão bonzinho quanto você, disse dona Julieta. O seu Alberto, que não falava, pelo mesmo motivo que não andava, sorriu. Aquilo deu um aperto no meu coração. Eu gostava muito daqueles velhinhos. Passei a ir lá todo dia, enquanto o doutor R. não voltava. Apanhei e li: *O muro, Canção do amor e morte do porta-estandarte Cristóvão Rilke, Mowgli, o menino lobo, Os sete pilares da sabedoria, A vida errante de Jack London, os Criminosos na arte e na literatura, Gil Blas de Santilhana, Babbitt, Últimos dias de Pompeia, Winesburg, Ohio, Os Buddenbrook, Uma mulher fugiu a cavalo, Bel Ami, Almas do purgatório, Na pista do alfinete novo, Pardallan e Fausta, O cão amarelo, Agência Thompson & Cia., O príncipe Oto, O grande amor de Anthony Wilding, Os caçadores de cabeças, A dama de espadas, Viagens de Gulliver, Pelo Curdistão bravio, O lobo do mar, Moby Dick, a fera do mar, Tarzan e os homens formigas, Pássaros feridos, Judas, o Obscuro.* Quando chegou, o doutor R. perguntou: Você ainda está morando naquela vaga? Estou. Com Gretchen isto não é possível. Foi então que eu vi o que significava aquela palavra. Muda para um quarto só seu. O doutor R. tocou a campainha. Veio a secretária. Aumente o ordenado dele, para que ele possa, primeiro, alugar um quarto só para ele, segundo, comprar livros. Ah! já me esquecia, terceiro, comprar uma vitrolinha e discos. Precisamos preparar o ambiente para a Gretchen. Aluguei um quarto num apartamento na rua Buarque de Macedo para ficar mais perto dos velhinhos. O apartamento era de uma viúva que tinha dois filhos, um rapaz de quinze anos e uma moça de dezesseis. Mas me decidi a mudar para lá somente depois que Gretchen viesse com o doutor R. A viúva parecia muito cansada, magra, enrugada. Trabalhava muito e vivia preocupada com os filhos, mas acho que isso acontece com todas as viúvas. O doutor R. levou Gretchen para o escritório dele. Leva ela para casa, ele me disse, depois de conversarmos longamente. Você tem mais alguma pergunta a fazer?, ele me perguntou. Eu não tinha. Então leva ela pra casa. Por via das dúvidas esperei uma hora em que a viúva e os filhos estivessem dormindo. Deitada na cama Gretchen parecia ainda maior do que no escritório. Eu deitei-a ao meu lado e comecei a ler *O vampiro*, de Karnstein. Acabei o livro e olhei para Gretchen. Não sabia o que fazer com ela. Comecei a ler *O que sussurrava nas trevas*. Mas logo nas primeiras páginas parei e olhei para Gretchen, ali ao meu lado. Passei a mão de leve nos seus braços, encostei o meu rosto no dela. Que coisa macia. Deitei-me sobre ela. Eu ainda estava aprendendo. Dormi abraçado com ela. Quando saí pra trabalhar, tranquei o meu quarto. Pela primeira vez. Depois li um pedaço do *Rei de ferro*. Eu lia muito depressa. Muitas palavras eu nunca tinha visto nem sabia o som que tinham, mas sabia o que significavam. Eu parava a toda hora para pensar em Gretchen. Eu estava doido para voltar para casa. Para Gretchen. O doutor R. me chamou. Estava olhando pra janela. Disse: as pessoas podem ser salvas pelo anjo, mas todo anjo é horrível, como no poema, ou no filme. Ou então podem ser salvas pela morte, mas a morte é também o fim. A verdadeira salvação é uma revolução-revólver como nos Beatles. Gretchen é uma transfiguração, você foi virado pelo avesso e você agora é outra pessoa. O Governo brasileiro devia providenciar uma Gretchen para cada homem solitário como você por motivos sociais e/ou psíquicos. Assim falou o doutor R. Foi exatamente isso que ele me disse. As duas vezes mais confusas eu escrevi num papel. Gostaria muito de poder descrever a maneira de o doutor R. falar. A mão direita próxima da boca, meia direita, ponta de lança. Às vezes ele dizia uma palavra e depois pegava ela pelo meio no ar e espremia e eu sentia o barulho da palavra arrebentando dentro da mão apertada do doutor R. e ele olhava a gente de frente com os lábios crispados e os olhos brilhando como o Pardaillan fazia até mesmo nos momentos em que comia uma omelete com vinho borgonha numa daquelas estalagens. Como é o vinho borgonha?, perguntei ao doutor R., eu nunca tomei vinho borgonha, o doutor se lembra do Pardaillan tomando vinho borgonha e comendo omeletes? Ele tinha um imenso apetite, disse o doutor R. Os brancos são quase sempre secos e os tintos são encorpados, de uma forma aveludada. É uma região de muitos vinhos. Os romanos amavam o vinho da Borgonha. Carlos Magno plantou várias vinhas lá, mas eu prefiro o — ele escreveu: o bordeaux, da região, um St. Emilion, distrito, um Chateau Ausone, marca, mas não creio que o Chateau Ausone existisse na época de Pardaillan. Quando cheguei em casa disse para Gretchen hoje vou te chamar de Mônica. Mônica. Beijei-a dizendo: Mônica, Mônica. E gozei dizendo Mônica. Mônica era muito melhor do que uma galinha. Quer dizer, Gretchen era muito melhor. Evidentemente Gretchen não reclamava de eu chamá-la de outros nomes. Kátia. Roxane. Anamaria. Regina. Cabrinha. A viúva bateu na minha porta um dia, eu devia estar falando muito alto. Enquanto escondia Gretchen, nervoso, a viúva podia ouvir o barulho do meu coração, o ar saindo de dentro de Gretchen, mas quando abri a porta ela perguntou se eu estava sonhando. Doutor R., a viúva perguntou se eu estava sonhando. Muito interessante, disse o doutor R. Nossos sonhos não terminaram, começaram. Esses nossos atores, como foi dito anteriormente, eram todos espíritos e dissolveram-se no ar, no ar fino, e, tal como a infundada estrutura dessa visão, ou o tecido sem base dessa imaginação, se preferir uma opção de tradução, as torres cobertas de nuvens, os deslumbrantes palácios, os templos solenes e o próprio grande globo, tudo se dissolverá, assim como este espetáculo sem substância desbotou sem nenhum tormento deixar. Nós somos a matéria de que os sonhos são feitos, e nossa pequena vida está envolta pelo sono, e acrescento, eu acrescento, continuou o doutor R., envolta pelo sonho. O que é a mesma coisa. A viúva está certa, tem o discernimento dos sofredores. Passou algum tempo. Descobri uma ruga na testa do doutor R. Amei Gretchen todas as noites falando no seu ouvido para a viúva não ouvir, mordendo sua orelha, seu peito, o bico do seu peito, ah, Gretchen, submissa. Li. Visitei os velhinhos. O Ivo estava cada vez melhor. Dona Julieta me disse estou tão cansada, ele me cansa tanto. Ele era o seu Alberto: o tempo tinha mesmo passado. Li: *Carpinteiros levantem alto o pau de fileira, Mas não se mata cavalo?, O manuscrito de Saragosa, A peste, O gato de botas, Sem olhos em Gaza, Servidão humana, A vida curta e feliz de Francis J. Macomber, Santuário, Os moedeiros falsos, Beau sabreur, O escaravelho de ouro, Humilhados e ofendidos, Luz de agosto, O Estado-Maior alemão, O naturalista do rio Amazonas, Aventuras de Sherlock Holmes, Vivanti, As joias dos Ostrekoff, Vítimas e algozes, O mistério de Malbackt, A família Molereyne, Triboulet, O bilhete de loteria n.º 9672, Aventuras de um mestre de armas na Rússia, A mocidade do rei Henrique IV, Rocambole, O último dos moicanos, Tarzan triunfante, À procura do absoluto, A musa do departamento, André Cornelis, O morro dos ventos uivantes, Amor de perdição, A brasileira de Prazins, O apóstolo, Epíscopo & cia., Tartarin de Tarascon, Portugal e a sua história, Os segredos de lady Roxana, Os possessos, O romance da família Chuzzlewit, Valério Publícola e o advento da República romana, A morgadinha dos canaviais, Aventuras do sr. Pickwick, FlaviusJosephus, A formosura da alma, As aventuras de Tom Sawyer, A ponte dos suspiros.* Centenas. Um dia aconteceu uma desgraça que até tirou a minha vontade de ler. Não sei como pude, com apenas uma ou duas dentadas, fazer aquilo com Gretchen. Não podia nem olhar para ela, disforme sobre a cama. Cobri-a com um lençol. Tentei ler. Não podia. A toda hora olhava para o lençol. Tentei vários livros. Inútil. Estava tão deprimido que resolvi ler *O fim de Pardaillan*. Guardava esse livro para um momento especial. O último livro do Pardaillan! Esse livro eu li com a maior atenção. Mas depois foi pior. Nunca fiquei tão triste em toda a minha vida. O fim de Pardaillan e o fim de Gretchen. Era demais. Era demais. Deitei no chão. O que ia fazer de minha vida? Fiquei no chão até que o doutor R. apareceu e eu quis me levantar e caí outra vez. Há quanto tempo você não come? Não respondi. Ele foi até a minha cama e olhou debaixo do lençol. Eu sabia, disse o doutor R. Foi então que vi o embrulho que ele carregava. O doutor R. desembrulhou o embrulho. Esta aqui é ainda melhor do que Gretchen, disse ele soprando. O nome dela é Cláudia. Suas medidas são 36, 24, 36. Polegadas evidentemente. Altura: cinco pés e quatro inches. O doutor R. foi soprando, soprando e Cláudia foi crescendo, os peitos estufaram, as pernas, os braços, o rosto. O doutor R. botou uma peruca de cabelos negros nela. Me ajuda a vesti-la, ele pediu. Minha fraqueza acabou de repente. Deixa que eu visto, eu disse. O doutor R. foi buscar comida. Coloquei as calcinhas de seda nela, o porta-seios, a anágua, o vestidinho. Cláudia era linda. Enquanto comíamos, o doutor R. disse: vinil quando arrebenta adeus. Depois foi até a cama e disse: vou levar Gretchen comigo, vê se esquece ela. No mesmo papel em que trouxera Cláudia embrulhou a pobre desinflada Gretchen.

CORRENDO ATRÁS DE GODFREY

Madame Thereza. Gifted reader and adviser. Ela não faz perguntas mas lhe dirá tudo aquilo que você quer saber. 767 Third Avenue.

Botei o papel no bolso. Eu tinha que ir à Igreja de St. Thomas na Quinta Avenida, encontrar Godfrey.

Fiquei ouvindo órgão meia hora. Godfrey não apareceu.

Eu podia ir ver sister Dorena. Outro papel no bolso: Guarantees results in 3 days — você está sofrendo? Sick? Precisa de ajuda?

A véspera tinha sido domingo e durante horas milhões de judeus vestidos de azul e branco desfilaram pela Quinta Avenida comemorando o aniversário de Israel.

Estávamos pois no verão, no começo, quando aconteciam coisas estranhas na cidade. Barthelme viu uma mulher aos gritos na sarjeta e um bêbedo tentando estrangular um cachorro preso no parkmeter. Mas isso foi noutra cidade, onde os policiais usam quepe branco. Aqui eles usam quepe azul.

Long-distance call: Jenkins em Detroit. Ele talvez soubesse onde estava Godfrey. Mas Jenkins estava em Istambul, numa convenção. Merda.

Sister Dorena atendia na rua 59. "Vá vê-la, go, antes que seja tarde demais. People vem de muito longe, from far away."

Sister Dorena or madame Thereza? "Blind, sick, or crippled? Cego, doente ou aleijado?" Era comigo, mas eu tinha que ir a Toronto.

Peguei o avião da AA às 12:50 a.m., no La Guardia, voo 549-3.

A aeromoça olhou meu livro, *Unspeakable practices. Unnatural acts.* "Sounds interesting", ela disse.

Depois ela foi até onde eu estava sentado e perguntou: "Você me empresta o livro? É muito obsceno?"

Uma mulher linda querendo coisa comigo. Dei-lhe o livro. Mas não pude marcar nada, eu tinha que ver Godfrey. Nunca vi pernas tão bonitas na minha vida.

Jeffrey havia dito: "Não vai ser fácil encontrar o Godfrey." Eu sabia.

Depois: "Mas você pode encontrar o McLuhan e o MacDermott, os dois heróis da vila."

Jeffrey estava me gozando. MacDermott estava rico em N.Y. — aquarius, aquarius. E o McLuhan... merda, o que me interessa isso?

Foda-se o McLuhan.

"Godfrey está no Royal York Hotel, numa convenção."

O Royal York tinha doze salões de convenção. Godfrey não estava em qualquer deles.

Liguei para Dick Hart em N.Y. Ele tinha ido a uma convenção em Portland.

Merdíssima.

Em Toronto as pessoas andavam de sobretudo na rua. Que verão!

Peguei o avião em Toronto às 12:50 a.m. do dia seguinte, depois do banquete, AA 406-6, back to N.Y.

"Are you filled with misery?", perguntava madame Thereza, mas eu não podia me comprometer antes de encontrar Godfrey.

Do La Guardia fui direto à Igreja de St. Thomas. O órgão tocava. Godfrey não estava.

Fui ao cinema com uma mulher vestida de couro. "I am hustling", ela disse.

"Quanto?", eu perguntei.

Ela me olhou de alto a baixo: "Com você eu não sei." Fomos para a casa dela. Ficamos vendo TV.

"A Igreja cristã sempre esteve do lado da opressão, contra o negro", disse o doutor Cone, preto, magro, barba curta, voz estridente cheia de ódio.

"Você é a favor da teologia negra?", ela me perguntou.

Desliguei a televisão.

Estávamos nus quando ela falou outra vez.

"Is Carmichael here or in Conakry?"

Essa foi a mesma coisa que no dia anterior mrs. Leitch me perguntara no banquete em Toronto.

"Is Cleaver here or in Moscow?"

"I dont't know", respondi.

"Brown."

"Don't know."

"Daqui a cem anos qual será a língua universal? Chinese? English", mrs. Leitch perguntou.

"I don't know."

Monsieur Lapinte exclamou:

"Toutes les formalités compliquées pour changer de l'argent chaque fois que l'on passe une frontière!".

"E a China? O que pensa você da China?", continuou mrs. Leitch.

"A China está perto", eu disse.

"Meu marido não é um liberal", mrs. Leitch disse. "You know, he is not like us, ele não é como nós."

Durante o Drambuie mr. Crookstone me puxou para o lado e disse:

"Esta casa foi construída em 1746."

Olhamos os dois para as paredes.

"O que querem eles? Destruir tudo? Versailles está lá, uma obra de arte, para o povo. Alguém poderia hoje construir todos aqueles magníficos chateaux de France?", perguntou mr. Crookstone.

"We have to fight, temos que lutar", mr. Crookstone respondeu a si mesmo.

"OK", ele prosseguiu, "we are the Establishment. Eles querem destruir o Establishment. Para quê? O que têm eles para oferecer em troca? Nothing! Esta casa foi construída em 1746. Uma obra de arte. *Nós* fizemos isto tudo, esta joia antiga e também as modernas como o edifício do Dominium Bank. A ciência! A tecnologia! A arte! Tudo produto do Establishment!"

"Usted quiere altro whisky? Yo soy italiano pero hablo spagnol. I worked três años in Venezuela", disse o garçom.

Back to N.Y.:

Liguei para a prostituta de couro: "Vou para aí." Ela estava com uma camisola de nylon.

Eu disse: "Mr. Crookstone acabou de me contar a seguinte história: o fusível da casa dele ficou defeituoso. Ele chamou um eletricista. Cobraram oitenta e três dólares e vinte e cinco cents. Oitenta e três dólares de mão de obra e vinte e cinco cents pelo fusível" .

"Você já chupou sangue?", ela me perguntou.

"A que ponto chegou a situação trabalhista, me disse mr. Crookstone", eu disse.

"You are boring me", ela disse.

Ela tinha lábios grossos e sardas no nariz.

"I want to screw all night", ela continuou.

"OK. Mas primeiro tenho que dar um telefonema", eu disse. Liguei para monsieur Lambert, in Montreal, collect.

"Dont't you know", me disseram do outro lado, "mr. Lambert died last week, morreu na semana passada."

Merdíssima. Lambert talvez soubesse do paradeiro de Godfrey.

"Você quer ver Tonight?", ela me perguntou.

"Johnny Carson é um cretino", eu disse.

"Joey Bishop então", ela disse.

"He is another jerk", eu disse.

"Você quer que eu desligue a TV?", ela perguntou horrorizada.

O nome dela era Joan Stimson.

"Você já chupou sangue? Pois esse rapaz, this boy, ele era doido, deu um corte no peito e disse chupa, suck it, eu chupei o sangue dele, his blood, se não chupasse ele me matava, ele era doido, crazy, mad. Um gosto diferente. Às vezes eu sinto vontade de chupar sangue outra vez. Você acha isso perverse?", ela perguntou.

"Se você puser um pouco de sal e pimenta não", respondi.

"I like to fuck with music", ela disse.

De manhã, quando me levantei ela disse: "Stay oh!, please stay." Mas eu tinha que procurar Godfrey.

Fui até 225 East, 59th Street mas não tive coragem de subir one flt. up, fiquei parado na porta. Stop in and see her before it is too late. Sister Dorena.

Em Toronto um detetive chamado Boyd matou a tiros um jovem português chamado Ângelo Nóbrega. The Nóbrega Affair. Ainda no *Globe and Mail:* quem não é wasp não tem oportunidades nos altos círculos de Toronto.

Avis de Convocation de l'Assemblée Annuelle et Générale Extraordinaire des Actionnaires. Notice of Annual and Special General Meeting of Shareholders. Avis est par le présent donné que l'assemblée annuelle et générale extraordinaire des actionnaires se tiendra dans la salle Ontario (étage des Congrès) de l'hôtel Royal York 100 west, rue Front, Toronto (Ontario), Canada, le mercredi, 4 Juin, a 11 h du matin (heure d'été de l'Est). Les questions suivantes sont à l'ordre du jour: Notice is hereby given that the Annual and Special General Meeting of Shareholders will be held in the Ontario Room (convention floor), Royal York Hotel, 100 Front Street West, Toronto, Ontario, Canada, on Wednesday, June 4, at 11:00 a.m. (Easter Daylight Time), for the following purposes:

"Onde está Godfrey?"

Back to N.Y., mr. Halpern me disse:

"Toda gente espera que os judeus sejam os únicos cristãos verdadeiros deste mundo! Ganhamos a guerra mas acham que não podemos ditar os termos da paz. As coisas permitidas às outras nações não são permitidas à nossa. Outras nações expulsaram milhões de pessoas. Russia did it. Poland and Czechoslovakia did it; Turkey drove out a million Greeks e Algeria um milhão de franceses; Indonésia expulsou heaven knows quantos chineses — e ninguém disse uma palavra sobre refugiados. Mas todos falam nos refugiados árabes."

No West Side, na rua dos diamantes, eu e mr. Halpern comíamos um cheesecake:

"Like mr. Hoffer says, todos gritam quando alguém morre no Vietnam ou quando dois negros são executados na Rodesia. Mas quando Hitler massacrou seis milhões de judeus ninguém disse nada. The Jews are alone in this world! Os judeus estão sós neste mundo!"

Mr. Halpern acabava de entrar para a The Jewish Defense League (156, Quinta Avenida, Nova York 10010), cujo motto era Never Again, Nunca Mais. Nunca mais mortos como carneiros, nunca mais no gueto, nunca mais cuspidos.

"Israel must live!", gritou mr. Halpern.

"I like Malamud, Roth, Bellow and I'm looking for Godfrey", eu disse.

Telefonei para Jeffrey.

"Any news from Godfrey?"

"I don't know where Godfrey is. I know that seventy per cent of all Canada's industry is in the hands of Americans", ele respondeu. "And listen, Lennon está aqui, no Windsor."

Comi sweetbread e fumei um Dunhill, Montecristo, Habana. Back to N.Y.: não existem mais wasps in N.Y. Se você encontra um branco ele não é protestante; se você encontra um protestante ele não é anglo-saxão. Etc.

"O tempo está correndo, se cometermos um erro está tudo perdido. Isto aqui será uma enorme favela", disse o senador Jacob K. Javits, abarcando a cidade com um gesto largo.

"Precisamos manter aqui a classe média", respondeu o prefeito.

Fui para cama novamente com Joan Stimson. Ela estava muito amável comigo.

"Depois de amanhã eu vou para Roma", eu disse.

"Você gosta do meu corpo?", ela me perguntou.

"Em Roma", eu disse, "existe um lugar chamado Capela Sistina. Ali existe um afresco monumental pintado por Miguel Ângelo."

"Miguel Ângelo — eu sei quem é", disse Joan.

"Pois um dia eu fui lá", continuei, "e fiquei um tempo enorme olhando para o teto até o meu pescoço doer. Um tempo enorme e no entanto alguma coisa se escondia de mim, alguma coisa estava fechada entre mim e o teto. Eu sabia tudo sobre o teto, tinha toda a informação mas nenhuma revelação acontecia, entendeu? Foi quando despregando os olhos do teto vi uma mulher a pouca distância de mim. Seu corpo era perfeito, ela era linda e ao vê-la o teto e os mosaicos, os afrescos, o marfim, o bronze, o mármore, o ouro, o tempo, tudo adquiriu significado, pois essas coisas *eram* aquela desconhecida, um corpo humano vivo a caminho da galáxia. Assim, minha bem-amada Joan Stimson, respondo à sua pergunta dizendo que sim, que amo o seu corpo, e apenas o seu corpo e nada mais que o seu corpo. Agora vamos para a cama pois tenho que escrever uma carta depois."

O corpo de Joan Stimson era feito de um alabastro que filtrava a luz vermelha do seu sangue como o do altar de São Pedro; cada dente seu era uma pequena obra-prima de marfim.

"Oh Godfrey, já se passou uma semana e houve outro desfile na Quinta Avenida, desta vez dos porto-riquenhos, milhões de porto-riquenhos desfilando e muitos mais gritando arriba Puerto Rico, viva Puertorico.

"Hoje eu estou aqui com uma mulher mas ontem eu passei o dia no Cloisters vendo a caçada do unicórnio. Eles não querem aprisioná-lo, no último tapete, ou talvez no penúltimo, eu percebi, e também o unicórnio, que ele não será aprisionado e sim morto. Uma lança no seu pescoço, outra no peito (o homem que lhe enfia a lança tem o meu rosto de miserável faminto), três cães dilaceram as suas ancas, o sangue corre sobre o seu corpo imaculado. Com o longo chifre único o unicórnio tenta se defender, inutilmente. O próprio rei comanda a matança. Por quê?"

"Você já acabou?", perguntou Joan.

"Já. Mas não sei para onde enviar a carta."

"Você vai para Roma procurar esse..."

"Vou. Talvez ele esteja na Messa Degli Artisti na Basílica de S. Francesca Romanda ao tocarem o Concerto Spirituale de Fusco. Ou talvez na Chiesa de S. Ignacio, na piazza do mesmo nome. Não sei. Não se pode confiar em mais ninguém neste mundo."

VÉSPERA

No dia 24 saí do Chelsea às 8 p.m. Kay estava me esperando na 52 com a Broadway. O Chelsea é na 23 com a Sétima. Andando para o norte, mais ou menos em linha reta, acabaria encontrando o apartamento de Kay. Ela era grande e loura. O caminho da cama foi tomando cerveja no bairro alemão. O pai dela era alemão, Brandt.

Eu já saí do hotel meio porrado. Tomei meia garrafa em homenagem ao Dylan Thomas, que morou no Chelsea. Estava decidido a fazer um discurso para ele, mas, em frente à placa, disse apenas: "Hi, Dylan"; o porre e o calor do heater não me deixavam falar e Phil, o manager, me olhava da portaria. Quando botei os pés na rua fazia dezesseis abaixo. Neve caía na minha cabeça. O porre passou logo. Na esquina olhei a entrada do subway; a IRT tem uma linha que corre por baixo da Sétima até Times Square, onde desvia para debaixo da Broadway; na 50 tem uma estação. É a maneira fácil de encontrar Kay, mas aquele dia era véspera; fui a pé vinte e oito quarteirões.

Tinha cinquenta dólares no bolso. Os bares estavam cheios. Punha o dinheiro no balcão: "scotch"; quando o calor voltava ao meu rosto dava o fora. Não aguentava aquele dia. A época mais feliz da minha vida foi quando morava em University Place; da minha janela via a dúzia de casas de boneca de Washington Mews, e na janela a boneca Mary Ann; íamos para Washington Square, deitávamos no cimento, o olho azul de Mary Ann olhava o céu de outono, as folhas cor de cobre caíam das árvores, os poetas e suas musas tocavam guitarra e cantavam para nós, os pintores punham os quadros na calçada para vermos: uma cidade de setembro. Até que o amor acabou. Mas não de repente, como deve acabar a vida. Foi devagar, rançoso, apodrecendo. Mary Ann, você não vale mais nem um porre. E o seu gato siamês também não.

O balcão do bar perto da rua 34 estava cheio. Atrás de uma mulher magrinha estiquei o braço, paguei, apanhei o meu scotch. No ano passado, nesse mesmo dia de deboches, uma mulher chamada Rose foi para minha cama, disse: "estou pegando fogo, me dá na cara, com força", enquanto apanhava suspirava, seu rosto se contraía como se ela fosse chorar, mas ela pedia "mais, mais", me xingava de todos os nomes sujos que existem. Depois ela ficou muito feliz, voltou do banheiro cantando, deitou-se ao meu lado, começou a falar, sem parar: "meu filho me pediu um presente mas eu não tinha o dinheiro para comprar o presente que ele queria por isso disse para ele 'Santa Claus não vai te dar o presente porque você disse nome feio pra mamãe', ele chorou o dia inteiro, o seu rostinho ficou todo vermelho e eu fiquei com pena dele e disse, 'olha, o Santa Claus não está realmente zangado com você mas tem que dar presentes para uma porção de meninos, se o dinheiro sobrar ele compra o presente que você quer', meu filhinho disse 'vou rezar para o Santa Claus arranjar dinheiro' e foi rezar, você acha querido que a Macy's está aberta a esta hora?"

A mulher magrinha era uma velhinha que usava bengala e botinas. "Posso ver pelo seu rosto que você é um cavalheiro", me disse ela. "Muito obrigado", respondi, me mantendo firme.

"Quando você tiver terminado, poderia me ajudar a atravessar a rua?" Saímos os dois, cambaleando, a velhinha pior do que eu. Cruzamos a 34. "Muito obrigada", disse ela. "Foi um prazer", respondi, "quer que a leve até em casa?" "Não, muito obrigada. Eu moro aqui perto. Você devia usar um chapéu, esta neve toda..." Foi se afastando devagar, discreta, bêbeda. Me deu vontade de esquecer Kay, seguir a velhinha, ir para a casa dela, ficar nu ante ela, nu como esse menino que vai nascer amanhã e perguntar: "por quê?"

Cinquenta e dois menos vinte e três são vinte e nove. Mas a Penn Station ocupa dois quarteirões, entre as ruas 31 e 33. Vinte e oito quarteirões e uma garrafa de uísque deviam demorar muito tempo para serem percorridos. "A neve é mais uma ilusão", disse Glória, a moça que não queria perder a adolescência; se trancou dentro de casa, abria uma frestinha apertada da porta para eu entrar, rápido. As janelas ficavam trancadas, "se abrir a janela a adolescência foge", como um passarinho, uma lufada de perfume de flor; as pernas mais bonitas do continente americano. "Vamos andar na neve lá fora?", mas ela não queria e não podia. Da janela do Bellevue fiquei olhando os carros deslizando pela Franklin D. Roosevelt Drive, os barcos do East River e, do outro lado, Queens, fumaça saindo de uma chaminé, como se nada estivesse acontecendo; quis chorar, com uma pena enorme dela, e de mim, mas a pena era tanta que nem para chorar dava, saí de lá dando soco nas paredes até minha mão sangrar e nunca mais voltei. Adeus, Glória, quem estará pagando as tuas contas de hospital, gatinha?

Eu gosto da rua porque na rua ninguém me acha. É o meu último refúgio. A rua e o cinema. Se não houvesse nem rua nem cinema eu estava perdido. Perdido eu já estou, eu estava morto. Saí do Bellevue de mão no bolso e andei um dia e uma noite e, de manhã cedo, cansado, entrei no primeiro cinema que abriu as portas na 42, sessão dupla; vi todos os filmes da 42, e da Broadway, das 9 a.m. às 5 a.m., vinte horas seguidas de filmes, comi dois sacos de pipocas e bebi cinco sucos de laranja e foi lá dentro do cinema que eu fui chorar; quando saí estava bom, até a mão tinha cicatrizado.

Estava andando pela Sétima. A Sétima não tinha nada para mostrar, da West Varick até o Harlem River. No tempo da Glória Pernalonga eu só andava pela Quinta. Na Quinta desfilavam as mulheres mais bonitas do mundo, e também as mais feias. E não há nada melhor do que ver uma mulher bonita depois de ver uma feia. Glória Pernalonga era linda; vendo-a andar eu tinha a sensação de que uma porção de coisas estavam acontecendo: um tigre e uma gazela correndo, um pássaro voando, um exército marchando, uma orquestra tocando com amplificadores estereofônicos de seis faixas para cada instrumento; ela tinha realmente inventado um jeito de andar, tão notável que eu ficava sem fôlego só de ver. Gostava de deitar a cabeça sobre as pernas dela, esfregar-lhes a minha cara, minha boca, meus cabelos, meu nariz. Mas eu também fazia isso na barriga de Mary Ann e nos peitos de Kay: minha vida era uma chatice, não fazia mais do que repetir coisas repetidas.

Tristeza durava menos que alegria, menos que a neve na minha cabeça. Na rua 34, vinte quarteirões de fogo, a minha ilha tinha virado uma coisa desconhecida, distante, escura. A neve caía como pás de terra branca, cinzas. Eu esperava, ia andando; esperava o quê? Esperava. O quê?

Os bicos dos peitos de Kay eram pequenos, mas ficavam no meio de uma larga rodela cor-de-rosa; os peitos eram grandes e sólidos, bonitos, mas o halo cor-de-rosa os fazia parecer frágeis, obscenos, maternais. Kay era cor-de-rosa. Mary Ann era cinza--azulada. Glória Pernalonga era bege-claro. Eu amava Glória.

Amava Mary Ann. Amava Kay. Amava as três, como se elas fossem uma tenda de oxigênio.

Quando cheguei na casa de Kay eu disse: "estou bêbedo, querida." "Estou vendo", disse ela. "O que você tem aí pra beber?", perguntei. "Não vai me dizer que você ainda quer beber mais", disse ela. "Quero", respondi. "Não tenho nada em casa", disse ela. "Vamos, vamos, teu amante latino quer beber." "Amante de merda", disse ela e eu caí na gargalhada pois fodia aquela cadela germânica com um furor e uma constância que nunca tive com outra mulher, incluindo a Glória Pernalonga. "Amante de merda", repetiu Kay. "Hei, hei, o que é isto?", disse eu. "Bêbedo", disse ela. "Você quer brigar?", perguntei. "Quero", disse ela. Dei um soco nos seus peitos. "Viu o que você me fez fazer?", eu disse, com raiva. "Vai embora", respondeu Kay, pálida, com a mão sobre o peito. "Para sempre?", perguntei. Kay não respondeu. Andou até a janela, sentou-se numa poltrona, olhando a escuridão lá fora. Era naquela janela que ela passava as noites solitárias, no seu apartamento miserável. "Não", disse Kay, "não quero que você vá embora. Vou fazer um café para você." Kay me trouxe café. "Esperei horas. Você sabe que dia é hoje?", disse Kay. "Não sei e não quero saber", respondi, mas é claro que eu sabia e ela sabia que eu sabia — o comércio não me deixava esquecer, iluminava todas as vitrinas, punha mensagens na TV, no rádio, acho que até a companhia telefônica devia estar metida na conspiração. "Não quero café", disse. "Você não me ama mais", disse Kay. Gritei: "Vou beber até o dia 31 sem parar e este fim de ano não vai ser igual aos outros, vai ser o fim mesmo, você vai ver, espera sentada nessa cadeira nojenta que você vai ver!" Saí, gargalhando como um doido, as mais estrondosas gargalhadas que alguém já soltou na ilha.

ZOOM

Acordado a noite toda. Livro aberto em cima do peito. (Não sou maluco.) As mãos fechadas, o polegar levantado. Vigiado mais de meia hora, o livro aberto em cima do peito. Olho arregalado.
   No ônibus.
   Sinto logo um cheiro forte de estrume. Bato na porta. Sol forte e negras sombras. Apartamento 111. Mas isso foi antes de bater na porta. Duas camas de solteiro, duas mesinhas de cabeceira, um box, bidê. (Antes, antes, antes, vamos!, antes.) Bati na porta. Bato na porta. Vamos: bato na porta.
   "Às suas ordens, às suas ordens." MÉDICO — uma cruz vermelha. "Eu sou médico, mostre a língua."
   "Eu não estou, só quero que o senhor me recei-" vermelho, velhas, sujas no encosto — "Ah!, sente-se!"
   Duchas, águas, estetoscópio. Os punhos virados escondendo a sujeira. Toalhinhas de crochê, a sala de uma cartomante. "Vejamos o seu coração." Estetoscópio no peito. "Sou um médico (que tem várias poltronas de couro vermelho. Esses furos parecem ânus, anos?, mas eu sou um) especialista." Pago. "Depois o senhor volta." Escreve. Olho para a fonte do duque de Saxe. Feia princesa Leopoldina. Sete e trinta, novamente Saxe, cento

e quarenta centímetros. (Ordem, ordem, o progresso nada vale, mas a ordem é necessária.)

Grande Hotel. Um copo de plástico. Dizem que a comida é boa. Cabelos brancos, óculos, era amigo do meu pai. São nove horas. Bebo a água lentamente. O senhor José Maria: "Qual a água boa para peidar, adoro peidar" — "duque de Saxe" — "minha mulher morreu, você sabia? Me empreste o seu copo" — morreu, assim não preciso lembrar o nome dela — "a que horas?" — "cento e quarenta gramas, veja, veja no copo, a graduação" — "minha filha Beatriz" — "A que horas?" — José Maria lava o copo.

No Palace.

"Fui caixeiro-viajante com seu pai, os legumes mais frescos, as melhores partes das galinhas, o segredo é ser dos primeiros." Não quero que a filha perceba que estou olhando. Cabelos negros, olhos negros, largos como uma folha; fruta madura.

As melhores partes da galinha. Um olho de vidro não gira dentro de sua cavidade. Gosta de peidar e tem um olho de vidro.

III. Trouxe apenas seis livros. Finjo que o meu olho direito é de vidro, tento fazer com que o olho olhe em cima da penteadeira uma galinha que não existe dentro de um prato nas mesmas condições; o queixo bate no meu peito, foi assim que Cristo ficou na cruz.

No salão de jantar. As pessoas, paletós, gravatas, anéis, pulseiras, sussurram, se entreolham.

Crenoterapia: cavalo, colchão?

Quando deito perco o sono.

Manhã do dia seguinte. Por entre as folhas das árvores, raios de sol, José Maria e a filha Beatriz. Escondo-me fazendo exercícios respiratórios; um ar quente sai da minha boca em lufadas de fumaça. Quero ler em paz.

De repente a mulher coloca a máquina na minha mão. As fumaças de nossas bocas se encontram. "Aperte aqui", mas não a a-per-te a-qui, austauí ou coisa parecida. Uma gringa. Aperto, pose, aperto, pose. Ridículo. Não olha nos meus olhos: fuinha, camisa de seda listrada de mangas compridas, abotoadura de homem, toupeira, calças negras justas no corpo.

"De Milano?" "Siimmmilaaano."

Ela fuma. O dia esquentou, adeus fumaça de minha boca, só dela, a fuinha. "No Brasil?" "Ooitoaaaanos." O som do fundo: víscera e agonia — barril — fantasma. "Sozinha?" "Minnnhatiiiiiia."

Surge a tia. Desconfia dos homens, carrega pão para os patos, os olhos se arregalam, as sobrancelhas articulam "quem é esse rapaz?" Dentes muito brancos, talvez verdadeiros, uma berruga no nariz, astuta. A tia, Rosa. Regina, a gringa doida. "Até logo, então", estico a mão. Rosa sai correndo em direção ao lago, eu atrás dela, "até logo", esticando a mão, ela se apressa, Regina fica. Rosa stop, rosto pegando fogo, sua e suspira: "tão moça e tão bonita!" Novamente sai correndo, eu também, preso no segredo, seus peitos na blusa de seda azul balançam, noto que ela está de calças compridas cor-de-rosa. Dá pão aos patos como se os estivesse apedrejando. "Ela te disse? Hum, hein, han?" "Não." "Surda, desquitada, com uma filha de dois anos. E ainda podia dizer mais coisas."

A história da via-crúcis ladeia a escadaria. Gesso. Arranco a cabeça de um boneco. O dinheiro pequeno carrego no bolso esquerdo, que a mão é cega; o grande no bolso direito. "Onde é o cemitério?" "Lá atrás daquele morro." "E o pai de João?" "Morreu com uma grande dor de barriga. Vendia verduras." "Quem é o João", tiro engenhosamente do bolso esquerdo uma nota. "Lá": remendos, paletó de algodão, um chapéu de feltro; calças brancas; um botão de lata fecha a camisa sem colarinho: João. (Passarinhos fogem.) Pestanas imensas. "Seis anos?" "Onze." Pálido, sentado no degrau, cuidadosamente cospe em cima de uma formiguinha que passa perto do seu pé. Sobre o degrau a mulata coloca as notas. "Teve gente que morreu de sede no abrigo dos pobres." "Não enterra ele de roupa nova, guarda a roupa para o vivo." A mulata chora: "pelo menos os sapatos, ele passou a vida descalço."

No escaninho 111 carta do senhor José Maria me convida para parceiro de jogo de biriba, mais a filha e dona Aurora, senhora muito distinta. Ao telefone nos estudamos como dois inimigos no escuro de punhal na mão. "Beatriz?" "Sim." Silêncio.

Grande Hotel. (Ordem. Ordem.) Na impossibilidade de deitar na banheira, que não existe, deito na cama. Uma cambada de velhos, velhas, crianças, todos muito comportados, falando em voz baixa, comendo com a boca fechada, deixando para palitar os dentes no quarto.

Às quatro horas estou no local do encontro. A minha namorada marcou um encontro comigo, chovia. Esperei horas e depois telefonei: "por que você não foi?" "Chovia." Chovia, eu iria de maca. Ordem. Ordem, isso foi há muitos anos. São quatro e trinta, hidro-tera-peutas-pistas-picos. Crenoterapia. Regina surge. Limpou a pele, fez o cabelo, andamos em silêncio, olho pintado, "descuuullpemeatraaaaseei". A surda me olha a todo instante.

Nasceu no Brasil. Finge de estrangeira para justificar a prosódia. Ambos gostamos de romances, bulas de remédios. Ela lê lábios. Eu leio sons. Um metro e sessenta e cinco, cinquenta quilos. Era pobre e não podia fazer operação; aprendeu a falar com as freiras: (coloca a mão sobre a minha garganta, mostra; sinto a carne) depois casou, fez operação, continuou surda, o marido deu um tapa na cara dela, leu na boca dele: vaca! Para que ela me conta essas coisas todas? Fuma um cigarro atrás do outro. Tento explicar para ela o que é o silêncio, o som entra pela ponta dos dedos. Me recuso a ir ver com ela o filme *Espiã nua*. "Amanhã, na piscina."

Flash. Flash. Flash. Manchete: no mais estrondoso — ordem! ordem! Uma página em branco — *interpretatio cessat in claris*. Ordem.

Pele de um branco opaco, uniforme. Surda de corpo bonito. Deito ao seu lado.

Surge Beatriz. Música. Estou preso ao ritmo do seu corpo. Uma toalha vermelha. Um arrepio de frio.

Regina sacode a ponta da toalha; coxas fortes e longas. A espiã nua era dura com os homens, maldades, intrigas, beijos.

Trampolim — Regina deitada sobre a barriga; duas velhas na valeta, chap, chap — varizes, travelling. Saber nadar tão importante quanto saber ler. Branco constante, os poros mal se veem. Nem leite, nem folha de papel — rosto, braços, perna, peito, barriga. Mordo a surda.

III. Debaixo d'água demoradamente. Quem não tem banheira. Peitos e costas, axilas. Algodão na ponta de um lápis, barba cerradíssima. Deito, leitura.

Parque: novamente Regina se atrasa. Guarda: "Está na hora de fechar, moço." Regina surge. "Fuuuui compraaar uma bluuusa." A tia. (Todo dia muda de filme.) Está frio. Andamos. Estamos dentro do bar. A tia fala com as alemãs, varizes. A mão de Regina treme tirando depressa a chave do chaveiro. Nove horas, digo sem som, a nuca virada para tia e varizes, empalmo chave, coração bate. "Setenta e oito a mais nova, oitenta e um a mais velha. Nadam todos os dias." Chap, chap, chap. "Outra caipirinha." Jogamos chapinhas com pregos e notas pequenas no teto de madeira. Vupt. "Bravos." Vupt. A tia de porre. Regina vê seu Arão e foge para vomitar.

Deixamos Regina em casa.

Rosa, para ganhar tempo: "Você, não quer ir ao cinema?"

Eu, para ganhar tempo: "Qual é o filme?"

Rosa: "*O filho do capitão Blood.*"

Eu: "É bom?"

Rosa: "Não sei... Aqui não tem coisa melhor pra gente fazer. Ou você acha que tem coisa melhor pra gente fazer?"

Eu: "Acho que não tem não."

Rosa: "Nós podíamos ouvir música. Você gosta de música?"

Eu: "Gosto."

Rosa: "Então?"

Eu (Vários livros no 111 mas não vou ler uma página. Tenho vontade de comer Regina, a surda vomitadora; morder as costas branco-fosco dela; dar uma dentada na maçã do seu rosto.): "Hoje não."

Rosa (É noite, mal vejo sua face; arqueja seu pulmão pré-enfisemático, quarenta cigarros por dia desde os treze anos.): "Eu tenho ótimos discos."

Eu: "Hoje eu estou meio enjoado."

Rosa: "Você também? Fica para outra ocasião, vou comprar pão", e cruza a rua escura, some.

No 111. Aguardo nu, no espelho grande. Brinco de olho de vidro. Em homenagem ao senhor José Maria tento dar um peido, sem sucesso. Com o olho de vidro de brinquedo acompanho o ponteiro grande, perco aposta. 21.25.

O elevador está embaixo. Quinto. 501. Sala. Saleta. No sofá, de cabeça para a porta, Regina. Mesa, mesinha, livros, vitrola. "Melhorou?" "Naaaaão." (Na verdade um pouco.)

Frio, beijo novamente, no pescoço. A surda quer ouvir música. Na ponta dos dedos. Suéter marrom. Dança pela sala.

Sou surdo, enfio algodão nos ouvidos, Regina tapa minhas orelhas com força. Com a ponta dos dedos sinto a música. Sou ela. "Eu te amo." "Eu tee adooooro." Regina tem dificuldades com a minha camisa, afinal fico nu. Carrego Regina no colo pra cama.

III. No lençol, no corpo, cheiro de outra pele, bafo de perfume azedo. Brinco de olho de vidro. Brinco de soterrado; paro com falta de ar. Acaba hora do café, pendentif, bengala de velho perneta de lorgnon, está na hora da piscina.

Cenas de ciúmes da surda, pensa que agora que fomos pra cama não quero mais saber dela.

Surge Beatriz, seu olhar atravessa a piscina, pássaro, raio laser: é longe, nem o branco nem o preto do olho: ela me olha com o rosto todo, nariz, testa, queixo, órbitas. Uma coisa fulminante entre nós dois.

Descubro uma berruga no rosto de Regina. Nurburgring, Mônaco, Reims, Aintree, Monza, Zandvoort-zuum! Rooarr! Ordem. Ordem. Os velhos têm rins, fígado, artérias. Nós temos pênis, músculos, ossos, vagina, amamos o corpo. Ordem. Descubro uma berruga, uma mancha, mole, no rosto de Regina.

Me oferece bife com batata frita. "Você mee aaama?" "Amo."

Desço lentamente pela alameda por onde escoam as águas do lago. Grades do parque. O que vou fazer lá fora? Sento-me num banco. Vou até o Palace? Incrustada no meu peito, Beatriz, respiro fundo pra ver se ela vira gás carbônico. Uf, Uf! como estou infeliz. De repente, todo arrepiado: sem estrondo o mundo fica diferente. Beatriz atrás da grade, zoom entra pelos meus olhos. Nossas mãos se agarram. Estamos tontos, o amor chega a doer, combinamos encontro no Rio, ela embarca hoje, sigo amanhã, e viveremos felizes para sempre.

Na copa, tomo sopa com a surda. Amanhã embarco. "Vocêê naãogooostamaaisdeemiim!" Fala direito, poxa! Desço pelas escadas aos trambolhões no escuro. Ordem. Ordem.

OS INOCENTES

O mar tem jogado na praia pinguim,
        [tartaruga gigante, cação, cachalote.
  Hoje: mulher nua.

  Depilada pareceria enorme arraia podre.
  Porém cabelos e pelos lembram animal da família do macaco;
  corpo lilás de manchas claras mármore de carrara
        [incha exposto;
  sangue, tripas, ossos perderam calor e pudor;

    olhos, lábios, boca, vagina: peixes devoraram.

  Banhistas instalam barracas longe da coisa morta,
  logo envolvida por enorme círculo de areia, indiferença, asco.
  Policial limpa suor da testa, olha gaivota, céu azul.

  Afinal rabecão: corpo carregado.

  Espaço branco vazio cercado
  pelo colorido das barracas, lenços, biquínis, chapéus, toalhas,
  por todos os lados.
  Chega família:
  "Olha, parece que reservaram lugar para nós."

J.R. HARDER, EXECUTIVE

No aeroporto mr. Watson pergunta ao jovem funcionário que está sendo treinado para substituí-lo: "Quer que eu lhe conte a primeira vez que vi mr. Harder?".

Mr. Watson e o senhor Jaime, no aeroporto. Faz calor.

"A cara vermelha, o ar de boredom contido, um gentleman, o cabelo branco, todo ele muito neat e clean, a maneira de olhar sutilmente por cima — os natives, not us, see? — Oh! sorry, às vezes penso que você —"

"Não faz mal."

"Your english is so good..."

"Está certo. Continue."

Andando pelo corredor. Hall dos elevadores. An enormous cigar. Uma folha macia. Uma folha lisa. Uma folha uniforme. Um havana difícil. Um havana de Fidel Castro. Watson divaga.

"Watson, por favor..."

"Yes, yes. Mr. Harder acendeu o charuto. Deu uma baforada. Neste instante chegou o elevador. As portas se abriram. Mr. Harder tranquilamente jogou o charuto na caixa de areia que existia no hall. O charuto inteiro. Mr. Harder sabia que era proibido portar charuto aceso no elevador. Um charuto daqueles custa um oitavo do salário de um operário não especializado."

Faz calor.

"Um inglês nunca faria uma coisa dessas. Ele era do Texas. Besides um inglês nunca acende um charuto num hall."

Faz calor.

"E no entanto fez muito por este país." Watson olha Jaime nos olhos. "A grandeza das nações são os homens."

O senhor Jaime ri.

"Você sabia que ele, quando veio para cá, era riquíssimo? Não precisava ser pioneer numa terra estranha. E mrs. Harder também; herdou do velho Mitchell, que tinha uma coil factory in Columbus, Ohio."

Reunião com o diretor técnico de engenharia. Ambos beligerantes. Ao final os dois balançavam as cabeças como a couple of yes men. Aqueles que têm medo de fazer coisas arriscadas acabam sem fazer coisa alguma. Pope.

"Just imagine, um texano citando um poeta nascido em London em 1688, tradutor de Homero e Virgílio. E os escoceses? Os escoceses da contabilidade contra mr. Harder. 'Money, mr. Murphy', disse mr. Harder para o General Comptroller, 'is a good servant but a bad master.' E sabe que esta frase não é do Pope? Todos pensaram que era, até eu pensei... Você sabe de quem é esta frase?"

"Shakespeare?"

"Bacon. Francis Bacon. Eu depois descobri. Francis Bacon. Quem poderia esperar que ele, um executive do Texas, lesse Bacon, The Baron Verulam, Viscount St. Albans, autor da *Instauratio Magna*... Mr. Harder, um homem misterioso, a very misterious man, mr. Harder..."

"Você gostava dele?"

"Não sei. Gostava sim. Da maneira ressentida que um secretário gosta do chefe. Talvez eu pensasse em ser um executive myself. Quem me trouxe para a companhia foi o velho Blachford.

Fui secretário dele cinco anos. Ele me colocou esse rótulo de secretário, que nunca mais saiu. Trinta anos. Houve época em que pensei em deixar a companhia, crendo que em outro lugar os meus méritos seriam mais bem reconhecidos. Mas fui ficando... comodismo... e afinal tenho meus fringe benefits... E você? Gostava dele? Mr. Harder. All the same size, lembra-se?"

"Lembro."

"Vocês chegaram, ele deu uma gargalhada e disse all the same size. Você ficou furioso e perguntou what is so funny, lembra-se?"

"Lembro. Eu pensava que era maior do que o Ferraz. Mas éramos um grupo de nanicos do mesmo tamanho, principalmente perto de um sujeito como ele."

"Ahahahahahahahaha! Eu me lembro. Eu também me lembro. No fim do dia fui para casa com mr. Harder. Dentro do carro ele ia rindo, cada vez mais, like a madman, e quando chegou em casa, no apartamento do Copa, ele gritou Peggy, all the same size! e segurou a barriga como um menino lutando contra um ataque de riso e rolou pelo chão de tanto rir e só parou quando a mulher lhe trouxe gin tônica com cashew nuts."

Um avião pousa. Mas não é o esperado. Mr. Watson usa um chapéu de palha. O senhor Jaime não usa chapéu; o colarinho e os punhos da sua camisa branca estão engomados.

"Não quero discursos nem bandejas de prata..."

Outro avião pousa. Com um lenço mr. Watson limpa a carneira do chapéu.

"Não quero discursos nem bandejas de prata, disse ele quando resolveu se aposentar."

"Mandaram-no embora?"

"No, oh no! O Board não queria que ele fosse embora, but he was sick e não pôde ficar. Foi para Honolulu, uma mania dos americanos. Seis meses lá, seis meses aqui, por causa do calor e do imposto de renda. Depois de aposentado eu continuei tomando conta dele. No ano passado ele estava muito estranho e triste. Todas as cartas que recebeu ele rasgou, dentro dos envelopes. Não leu nem os financial statements, coisa que sempre fazia colocando uma lente grossa sobre os papéis. Joga isso no lixo, ele me disse. Estava vestido de camisola, para poder ir mais depressa ao banheiro. Colocou uma garrafa de uísque na nossa frente e começamos a beber em silêncio. 'Já imaginou o que é ter um filho de quarenta anos, a forty years old son?', perguntou mr. Harder."

Mr. Watson muda o tom de voz, arremedando mr. Harder:

"He was a beautiful boy. Às vezes eu ia para casa mais cedo, para brincar com ele. So funny, so cute, eu tinha orgulho em sair com ele, ser visto pelos outros, dizer he is my son. De manhã ele acordava e vinha para a minha cama, deitava a cabeça sobre o meu braço, eu perguntava you love daddy e ele respondia love daddy."

A voz de mr. Watson fica ainda mais diferente da dele mesmo. "He is forty years old now, an ugly and stupid man, my son, hum, Watson?" — mr. Watson suspira: "Nós bebemos a garrafa inteira. Poor mr. Harder. Nesse dia ele me falou de Honolulu pela primeira vez. Mas não falou muito, disse the mean is seventy four degrees, apenas isso, a média é setenta e quatro graus."

"Isso pode significar outra coisa que não Honolulu."

"A temperatura média em Honolulu é essa, seventy four point four... O ano passado foi um ano terrível. Apesar da camisola, ele sujou todos os tapetes. Por causa do ânus de prata. Você alguma vez viu mr. Harder comer o breakfast? No início uma larga quantidade de mamão picado com açúcar, uma porção suficiente para cinco; depois torradas com strawberry jelly, café, queijo, bacon com ovos. Nesse dia a impressão que eu tive foi de que ele comia e a comida ia saindo pelo ânus de prata. Os empregados vieram, limparam o chão e aromatizaram o ambiente. O telefone tocou, eu atendi e uma voz de mulher disse: 'Por que esse velho indecente não se veste? Ele não tem vergonha na cara? Ele não sabe que em frente existem famílias e moças? A polícia já vai aí prender esse ordinário!' Que absurdo: a polícia prender mr. Harder, só porque fazia aquelas inconveniências de janela aberta. Todo mês de maio, como hoje, eu venho esperá-lo e ele fica até setembro e eu tomo conta de todos os detalhes e desta vez vai ser mais fácil pois ele não vai voltar mais para Honolulu... Mas no ano passado foi tudo extremely difficult. Ele já estava paralítico, e, na hora de embarcar, foi dentro de um lifting van, um caminhão de mudanças, fechado. Não consegui arranjar outra coisa, onde coubessem ele e a sua enorme cadeira de rodas. O elevador de carga que ia colocar mr. Harder dentro do avião demorou a chegar e ele ficou um longo tempo trancado, sozinho, dentro do caminhão. Ninguém se lembrou de abrir a porta e fazia muito calor. Mr. Harder ficou muito irritado. Não foi fácil colocá-lo dentro do avião. Foi a primeira vez que vi os dois brigando. Depois que o elevador de carga colocou mr. Harder dentro do avião, eu, com a ajuda de quatro pessoas, consegui acomodá-lo na poltrona. Depois fui buscar mrs. Harder. Quando vinha com ela, já dentro do avião, em direção à poltrona ao lado da de mr. Harder, ele gritou comigo, take her away! I don't want to travel with her. Away! Ela não disse uma palavra. Era uma mulher orgulhosa."

"Acho que aquele é o avião dele."
"É o avião dele. Ele ia chegar pela Pan American."
"Desta vez vai ser mais fácil tirar mr. Harder lá de dentro."
"Não sei. His coffin deve ser enormous."

OS MÚSICOS

Faz calor. Os grandes espelhos da parede vieram da Europa no fundo do porão: cristal puro. "Tua avó fez risinhos e boquinhas, namorou dentro desse espelho." Respondo: "Minha avó nunca viu esse espelho, ela veio noutro porão." Nesse instante chegam os músicos, três: piano, violino, bateria; o mais moço, o pianista, tem quarenta anos, mas é também o mais triste, um rosto de quem vai perder as últimas esperanças, ainda tem um restinho mas sabe que vai perdê-las num dia de calor tocando os "Contos dos Bosques de Viena", enquanto lá embaixo as pessoas comem bebem suam sem ao menos por um instante levantar os olhos para o balcão onde ele trabalha com os outros dois: Stein, no violino — cinquenta e seis anos, meio século atrás: espancado com uma vara fina, trancado no banheiro, privado de comida "nem que eu morra você vai ser um grande concertista" e quando Sara, sua mãe, morreu, ele tocou Strauss no restaurante com o coração cheio de alegria — Elpídio na bateria, cinquenta anos, mulato, coloca um lenço no pescoço para proteger o colarinho, o gerente não gosta mas ele não pode mudar de camisa todos os dias, tem oito filhos, se fosse rico — "fazia filho na mulher dos outros, mas sou pobre e faço na minha mesmo"

— e todos começam, não exatamente ao mesmo tempo, a tocar a valsa da *Viúva Alegre*. Na mesa ao lado está o sujeito que é casado com a miss Brasil. Todas as mesas estão ocupadas. Os garçons passam apressados carregando pratos e travessas. No ar, um grande burburinho.

MANHÃ DE SOL

madureira flecha luz mão na bolsa dinheiro na mão. Dinheiro no bolso, três passos. LADRÃO! LADRÃO! SOCORRO! A mulher se agarra em madureira. Rua São Clemente. Dois PM correm — jogar dinheiro fora — braços presos pela mulher — PM.
    Roubou o meu dinheiro, seu Guarda.
    Essa mulher é doida.
    PM: vamos para o distrito.
    Eu não fiz nada seu Guarda sou trabalhador pai de família.
    Tirou o meu dinheiro seu Guarda.
    PM: vamos pro Distrito.
    PM segura o braço de madureira, madureira solta o braço, corre. À direita, a quinhentos metros, está a subida para o morro; à esquerda, a seiscentos metros, está o quartel da Polícia Militar. madureira corre mais rápido do que um cavalo. Quinhentos, quatrocentos, trezentos, faltam cem metros.
    Da porta do quartel saem quatro PM. Cem metros para cada lado — madureira correu meio quilômetro já, os PM estão descansados — chegam juntos, madureira e um PM — o cassetete atinge com força a cabeça de madureira mas ele nada sente — madureira é agarrado — PM tira o cinto da sua calça.

Cortejo na rua São Clemente em direção ao Distrito na rua Bambina: madureira segurando as calças com a mão esquerda, o braço torcido para trás seguro por PM: a mulher: PM: PM: populares.

Nove horas. Um sol lateral azul dá nitidez às coisas.

Na porta do Distrito os populares se aglomeram, barrados.

Os que entram se dirigem à sala do Comissário.

Comissário está na sua mesa de trabalho, cara magra de: fome e pensamento.

madureira e Comissário se olham — comunicação instântanea — privada — veloz — abstrata.

madureira age: DOUTOR!, madureira se atira de joelhos no chão, abre os braços: sou um trabalhador, pai de família, não sou ladrão!

Silêncio, diz Comissário, tão baixo que madureira para de falar, coloca a mão no ouvido ruim, para entender o que vem depois: primeiro vamos ouvir os condutores, depois a senhora, depois o senhor.

Primeiro Condutor, Soldado 1021, do Segundo Batalhão da Polícia Militar, everaldo: rua São Clemente, nove horas, mulher pedindo socorro. Punguista, flagrante, tentativa de fuga.

Segundo Condutor, Soldado 928, do Segundo Batalhão da Polícia Militar, ademir: rua São Clemente, vítima agarrada com Punguista, prisão em flagrante, dinheiro apreendido.

PM coloca dinheiro sobre a mesa do Comissário.

Dez cruzeiros.

Com a palavra a Vítima: maria matos, Funcionária Pública. Desquitada, residente na rua 19 de Fevereiro, 16, casa 4: ia pra feira, encontrão, bolsa cai, homem pede desculpas apanha bolsa no chão, dez cruzeiros sumiram socorro! agarra homem chega PM.

Esse dinheiro é meu, eu não roubei nada!, grita madureira.

Identifique-se, diz Comissário.

madureira: aristides monteiro, brasileiro, 48 anos, Torneiro Mecânico: rua São Clemente, encontrão na mulher, bolsa cai, grito, chega PM começa bater, tiram dinheiro dele, Operário pai de família.

Deixa eu ver sua mão, diz Comissário.

madureira estica a mão aberta.

Comissário passa os dedos levemente sobre a palma da mão de madureira.

Mão de madureira treme: estou há mais de um ano sem trabalhar, a situação não anda boa, Doutor, estou vivendo de biscates.

Comissário: chama o pompeu e o benício.

É a primeira vez que entro em uma delegacia de polícia.

Entra pompeu Chefe da Seção de Vigilância da DD.

pompeu: ora quem está aqui...

Comissário: você conhece este homem?

pompeu: é o madureira Doutor, punguista, nunca conseguimos botar a mão nele. Como foi?

Comissário: Vítima se agarrou com ele.

madureira: que é isto? Meu nome é aristides, sou um Operário, pai de família, tenho oito filhos.

Entra benício Chefe da Seção de Roubos e Furtos da DD.

pompeu: olha quem está aqui, benício.

benício: o madureira, vejam só. Em cana?

pompeu: em cana, cavalo pegou.

benício: vejam só. Foi essa mu-senhora aqui?

Comissário: você conhece o preso?

benício: Doutor ele é o madureira, um dos maiores Lanceiros que tem na cidade. Esperto pra burro, jamais se conseguiu dar um flagra nele.

Comissário: chama Escrivão!

Escrivão? grita madureira. Na rua os populares ouvem gritos, atentam arrepiados: valeu a pena esperar.

Flagrante não Doutor! Sou pai de família, flagrante não! Tenho oito filhos!

Ajoelhado, madureira chora.

Ele mora em Quintino, mas pungueia na cidade toda, diz benício.

Entra Escrivão: Doutor?

Comissário: Lavratura de flagrante: furto qualificado: A Vítima é esta senhora. Condutores os dois PM.

Doutor! Doutor, me arrebenta de bolo, me deixa quinze dias sem comer, me põe no pau de arara, mas não me dá o flagra, pelo amor de Deus!

Comissário: podem levá-lo para o cartório.

madureira se agarra na mesa: Doutor! pelo amor de Deus, flagra não, me dá o cristel, me quebra os dentes, me põe na maquineta.

benício: maquineta?

pompeu: maquineta?

Mas não me dá o flagra pelo amor de deus! Eu nunca fiz mal a ninguém!

Na rua aumenta o número de espectadores.

Para o cartório, diz Comissário.

madureira tenta correr pela sala. Debate-se. Dois PM seguram-no. madureira dá pontapés. PM arrastam madureira.

Doutor, me dá meu dinheiro, eu quero ir embora.

A senhora tem que depor.

Ouvem-se gritos de madureira sendo conduzido para o cartório.

É o dinheiro da feira, diz Vítima.

Os gritos de madureira aumentam.

Eu quero ir embora.

A senhora não pode ir embora. Venha ao cartório.

No cartório: duas cadeiras viradas: agarrado por quatro PM madureira dá pontapés cabeçadas grita morde: cacetadas são desferidas em sua cabeça, costas, peito, rosto.

Eu quero ir embora, repete Vítima.

madureira vê Comissário, grita, sem deixar de se debater: o flagrante não!, vai me desgraçar!

Põe ele no xadrez, diz Comissário.

Imediatamente madureira para de lutar. Obrigado, Doutor. Os PM não percebem a desistência, levam-no fortemente agarrado.

madureira dentro do xadrez: obrigado, Doutor.

Comissário de fora do xadrez: você não entendeu, aristides...

madureira: o senhor vai me dar o flagrante?

Comissário: vou. Só estou esperando você acalmar um pouco. É melhor acalmar logo, senão você entra ainda em mais dois: resistência e desacato.

madureira: o flagrante vai me desgraçar: pego dois anos de cadeia: meus filhos vão morrer de fome.

Comissário: sinto muito.

Comissário volta à sua sala.

Eu vou ter que ficar aqui?, pergunta Vítima.

Vai.

Não me incomodo de perder o dinheiro.

A senhora não vai perder o dinheiro.

Eu queria ir embora.

A senhora tem que depor no flagrante.

Ele vai ficar preso muito tempo?

Entra Guarda: Doutor o homem endoidou, está dando com a cabeça nas grades. Comissário vai ao xadrez.

No xadrez: madureira bate com a cabeça nas grades sem parar. Sangue cobre o seu rosto, salpica camisa mãos agarradas nas grades.

Comissário, para Guarda: vai ao colégio aqui ao lado e traz Diretor ou Professor qualquer.

madureira continua a bater com a cabeça nas grades, de olhos fechados.

Entram Guarda e Professor. Professor olha assustado.

madureira bate com a cabeça nas grades.

Silêncio.

Que quer o senhor de mim?, pergunta Professor.

Esse homem chama-se aristides monteiro, foi preso em flagrante de furto. Agora está causando em si mesmo lesões corporais. Olhe bem para a cara dele e guarde o seu nome aristides monteiro.

Eu — eu não — sim, diz Professor.

madureira abre os olhos vê Comissário. Olham-se, por dentro de um duro duto que súbito os isola — negro tubo de silêncio — revelação.

madureira para de bater com a cabeça nas grades.

Comissário abre porta do xadrez, segura de leve braço de madureira. Juntos, caminham para o cartório.

RELATO DE OCORRÊNCIA EM QUE QUALQUER SEMELHANÇA NÃO É MERA COINCIDÊNCIA

Na madrugada do dia 3 de maio, uma vaca marrom caminha na ponte do rio Coroado, no quilômetro 53, em direção ao Rio de Janeiro.

Um ônibus de passageiros da empresa Única Auto Ônibus, chapa RF 80-07-83 e JR 81-12-27, trafega na ponte do rio Coroado em direção a São Paulo.

Quando vê a vaca, o motorista Plínio Sérgio tenta se desviar. Bate na vaca, bate no muro da ponte, o ônibus se precipita no rio.

Em cima da ponte a vaca está morta.

Debaixo da ponte estão mortos: uma mulher vestida de calça comprida e blusa amarela, de vinte anos presumíveis e que nunca será identificada; Ovídia Monteiro, de trinta e quatro anos; Manuel dos Santos Pinhal, português, de trinta e cinco anos, que usava uma carteira de sócio do Sindicato de Empregados em Fábricas de Bebidas; o menino Reinaldo de um ano, filho de Manuel; Eduardo Varela, casado, quarenta e três anos.

O desastre foi presenciado por Elias Gentil dos Santos e sua mulher Lucília, residentes nas cercanias. Elias manda a mulher apanhar um facão em casa. Um facão?, pergunta Lucília. Um facão depressa sua besta, diz Elias. Ele está preocupado. Ah! percebe Lucília. Lucília corre.

Surge Marcílio da Conceição. Elias olha com ódio para ele. Aparece também Ivonildo de Moura Júnior. E aquela besta que não traz o facão!, pensa Elias. Ele está com raiva de todo mundo, suas mãos tremem. Elias cospe no chão várias vezes, com força, até que a sua boca seca.

Bom dia, seu Elias, diz Marcílio. Bom dia, diz Elias entredentes, olhando pros lados. Esse mulato!, pensa Elias.

Que coisa, diz Ivonildo, depois de se debruçar na amurada da ponte e olhar os bombeiros e os policiais embaixo. Em cima da ponte, além do motorista de um carro da Polícia Rodoviária, estão apenas Elias, Marcílio e Ivonildo.

A situação não anda boa não, diz Elias olhando para a vaca. Ele não consegue tirar os olhos da vaca.

É verdade, diz Marcílio.

Os três olham para a vaca.

Ao longe vê-se o vulto de Lucília, correndo.

Elias recomeçou a cuspir. Se eu pudesse eu também era rico, diz Elias. Marcílio e Ivonildo balançam a cabeça, olham para a vaca e para Lucília, que se aproxima correndo. Lucília também não gosta de ver os dois homens. Bom dia dona Lucília, diz Marcílio. Lucília responde balançando a cabeça. Demorei muito?, pergunta, sem fôlego, ao marido.

Elias segura o facão na mão, como se fosse um punhal; olha com ódio para Marcílio e Ivonildo. Cospe no chão. Corre para cima da vaca.

No lombo é onde fica o filé, diz Lucília. Elias corta a vaca.

Marcílio se aproxima. O senhor depois me empresta a sua faca, seu Elias?, pergunta Marcílio. Não, responde Elias.

Marcílio se afasta, andando apressadamente. Ivonildo corre em grande velocidade.

Eles vão apanhar facas, diz Elias com raiva, aquele mulato, aquele corno. Suas mãos, sua camisa e sua calça estão cheias de sangue. Você devia ter trazido uma bolsa, uma saca, duas sacas, imbecil. Vai buscar duas sacas, ordena Elias.

Lucília corre.

Elias já cortou dois pedaços grandes de carne quando surgem, correndo, Marcílio e sua mulher Dalva, Ivonildo e sua sogra Aurélia e Erandir Medrado com seu irmão Valfrido Medrado. Todos carregam facas e facões. Atiram-se sobre a vaca.

Lucília chega correndo. Ela mal pode falar. Está grávida de oito meses, sofre de verminose e sua casa fica no alto de um morro, a ponte no alto de outro morro. Lucília trouxe uma segunda faca com ela. Lucília corta a vaca.

Alguém me empresta uma faca senão eu apreendo tudo diz o motorista do carro da polícia. Os irmãos Medrado, que trouxeram vários facões, emprestam um ao motorista.

Com uma serra, um facão e uma machadinha aparece João Leitão, o açougueiro, acompanhado de dois ajudantes.

O senhor não pode, grita Elias.

João Leitão se ajoelha perto da vaca.

Não pode, diz Elias dando um empurrão em João. João cai sentado.

Não pode, gritam os irmãos Medrado.

Não pode, gritam todos, com exceção do motorista da polícia.

João se afasta; a dez metros de distância, para; com os seus ajudantes, fica observando.

A vaca está semidescarnada. Não foi fácil cortar o rabo. A cabeça e as patas ninguém conseguiu cortar. As tripas ninguém quis.

Elias encheu as duas sacas. Os outros homens usam as camisas como se fossem sacos.

Quem primeiro se retira é Elias com a mulher. Faz um bifão pra mim, diz ele sorrindo para Lucília. Vou pedir umas batatas a dona Dalva, vou fazer também umas batatas fritas para você, responde Lucília.

Os despojos da vaca estão estendidos numa poça de sangue. João chama com um assobio os seus dois auxiliares. Um deles traz um carrinho de mão. Os restos da vaca são colocados no carro. Na ponte fica apenas a poça de sangue.

À SOMBRA DOS BEATLES
SÉRGIO AUGUSTO

A terceira coletânea de contos de Rubem Fonseca, preliminarmente intitulada *Ficção e Não* e lançada pela Olivé Editor no final de 1969, teve uma recepção bombástica na imprensa diária e semanal. "Um poliedro de valores em crise", disse o crítico Fábio Lucas; em suas páginas, "o ódio grita, o masoquismo aparece, o incesto e a homossexualidade se disfarçam ou se exibem aqui e ali". No *Suplemento Literário de Minas Gerais*, o escritor Sérgio Sant'Anna não fez por menos: "É o mais importante livro de ficção brasileira dos últimos anos."

E não houve quem deles discordasse.

Para Fábio Lucas, com sua prosa nervosa e sua linguagem sintética Rubem Fonseca havia ferido de morte a técnica narrativa convencional, inventara novos sons, inovara sintática e estilisticamente, exprimindo-se por meio de elipses, criando novos signos, organizando uma semiologia própria. "Dificilmente se encontrará um contista com universo tão abrangente", desafiou Sérgio Sant'Anna, chamando atenção para a riqueza do universo temático de Rubem Fonseca, "atento para todas as coisas do mundo", por ele abordadas com "um olhar extremamente penetrante", sempre de forma inventiva, mas sem formalismos estéreis.

"A ficção de Rubem Fonseca", acrescentou no Jornal do Brasil o crítico Hélio Pólvora, "colhe o homem contemporâneo em todos os seus apocalipses, desenraizado geograficamente, varrido por mudanças sociais, políticas e econômicas ainda não sedimentadas inteiramente em todas as suas consequências." Leo Gilson Ribeiro, então resenhista do Jornal da Tarde, foi outro que não mediu palavras ao enaltecer as "audaciosas inovações estilísticas" do contista e a "maneira angustiada" como em suas histórias são tratados os "problemas que afligem o homem na era tecnológica, cercado de terror e guerras por quase todos os lados".

Ao comentar o livro para o jornal carioca *Última Hora*, Luiz Carlos Maciel destacou o tom "extremamente civilizado" do autor, seu humor requintado e sutil, sua avaliação sempre crítica e distanciada dos personagens e o modo como usa "o poder das palavras para explorar o processo interior psíquico de suas criaturas, com uma minúcia inédita entre nós".

Quatro dos 19 contos deste volume são bem curtos, como arremedos ou crisálidas de poemas (ou haicais ligeiramente turbinados); "A matéria do sonho" tem apenas um parágrafo (o autor o queria "denso, sem parada, sem ar"); "Correndo atrás de Godfrey" é bilíngue, inclusive porque ambientado em Manhattan (e com um personagem de nome Barthelme, evidente homenagem ao escritor americano Donald Barthelme); alguns são narrados na terceira pessoa e eventualmente construídos em forma de diálogo, alterando-se com outros estruturados na primeira pessoa, como o que abre a coletânea, "Desempenho" — o monólogo interior de um lutador de luta-livre, que, curiosamente, lembra mais Hemingway (o de *Assassinos*) do que Joyce.

Aqui e ali, uma referência erudita (ao Shakespeare de *A Tempestade* e ao Dashiell Hammett de *O Falcão Maltês*, em "A matéria do sonho"), pessoal (o narrador de "Véspera" é 90% Rubem

Fonseca, antigo hóspede do Hotel Chelsea) e até familiar (o diretor teatral de "Asteriscos" tem o mesmo nome do filho mais novo do escritor, o cineasta José Henrique Fonseca); nenhuma tão explícita quanto as que nos remetem diretamente aos Beatles ("Lúcia McCartney" e "Um dia na vida").

Lúcia McCartney é o nome de guerra de uma prostituta da Zona Sul carioca, fã de Paul McCartney e protagonista do que muitos consideram o relato mais inventivo do livro. É ela quem narra sua própria história, entrecortada por diálogos de verdade e diálogos inventados (mas possíveis), sonhos autênticos e imaginados, impressões subjetivas, cartas, telefonemas, num jogo fascinante de truques e opções formais. Para Sérgio Sant'Anna, "nunca um conto foi tão representativo de uma época e nunca o famigerado duelo forma-conteúdo conheceu equilíbrio semelhante".

Em 1970, David Neves adaptou-o ao cinema, misturado a outro conto da coletânea ("O caso de F.A."), com Adriana Prieto no papel-título. Outra atriz loura, Maria Padilha, encarnou a prostituta, numa versão para o teatro que Miguel Falabella dirigiu em 1987. Embora em nenhum momento Rubem Fonseca a descreva fisicamente, Lúcia McCartney não era, afinal, a jovem de cabelos claros e olhos azuis intuída por David Neves. Na verdade (e aqui vai uma inconfidência), seu criador imaginou-a mulata, cor de canela.

O AUTOR

Contista, romancista, ensaísta, roteirista e "cineasta frustrado", Rubem Fonseca precisou publicar apenas dois ou três livros para ser consagrado como um dos mais originais prosadores brasileiros contemporâneos. Com suas narrativas velozes e sofisticadamente cosmopolitas, cheias de violência, erotismo, irreverência e construídas em estilo contido, elíptico, cinematográfico, reinventou entre nós uma literatura *noir* ao mesmo tempo clássica e pop, brutalista e sutil — a forma perfeita para quem escreve sobre "pessoas empilhadas na cidade enquanto os tecnocratas afiam o arame farpado".

Carioca desde os oito anos, Rubem Fonseca nasceu em Juiz de Fora, em 11 de maio de 1925. Leitor precoce porém atípico, não descobriu a literatura (ou apenas o prazer de ler) no *Sítio do Picapau Amarelo*, como é ou era de praxe entre nós, mas devorando autores de romances de aventura e policiais de variada categoria: de Rafael Sabatini a Edgar Allan Poe, passando por Emilio Salgari, Michel Zévaco, Ponson du Terrail, Karl May, Julio Verne e Edgar Wallace. Era ainda adolescente quando se aproximou dos primeiros clássicos (Homero, Virgílio, Dante, Shakespeare, Cervantes) e dos primeiros modernos (Dostoiévski, Maupassant,

Proust). Nunca deixou de ser um leitor voraz e ecumênico, sobretudo da literatura americana, sua mais visível influência.

Por pouco não fez de tudo na vida. Foi office boy, escriturário, nadador, revisor de jornal, comissário de polícia — até que se formou em direito, virou professor da Escola Brasileira de Administração Pública e de Empresas da Fundação Getulio Vargas e, por fim, executivo da Light do Rio de Janeiro. Sua estreia como escritor foi no início dos anos 1960, quando as revistas *O Cruzeiro* e *Senhor* publicaram dois contos de sua autoria.

Em 1963, a primeira coletânea de contos, *Os prisioneiros*, foi imediatamente reconhecida pela crítica como a obra mais criativa da literatura brasileira em muitos anos; seguida, dois anos depois, de outra, *A coleira do cão*, a prova definitiva de que a ficção urbana encontrara seu mais audacioso e incisivo cronista. Com a terceira coletânea, *Lúcia McCartney*, tornou-se um best-seller e ganhou o maior prêmio para narrativas curtas do país.

Já era considerado o maior contista brasileiro quando, em 1973, publicou seu primeiro romance, *O caso Morel*, um dos mais vendidos daquele ano, depois traduzido para o francês e acolhido com entusiasmo pela crítica europeia. Sua carreira internacional estava apenas começando. Em 2003, ganhou o Prêmio Juan Rulfo e o Prêmio Camões, o mais importante da língua portuguesa. Com várias de suas histórias adaptadas para o cinema, o teatro e a televisão, Rubem Fonseca já publicou 17 coletâneas de contos, uma antologia, um livro de crônicas e 12 outros livros, entre romances e novelas. Em 2013, lançou *Amálgama*, vencedor do Jabuti de contos e crônicas. Em 2015, ficou entre os finalistas na mesma categoria com seu *Histórias curtas*. No início de 2017, lançou *Calibre 22*. Em 2018, chegou ao público seu último livro, *Carne crua*.